U0011850

頂尖告白

晴空 X POPO 偶像經紀人主題徵文比賽

決戰星勢力

【出版緣起】

晴空家族和POPO原創網合辦主題徵文比賽，請參賽者扮演偶像經紀人的角色，從指定的十位候選名單中挑選喜愛角色創作偶像愛情故事。

優勝的偶像可獲出道（即出版）機會，此外並邀請三位人氣作者樊落、雲瑞、利牧星擔任神祕嘉賓，更添星光！

【優勝作品】

經過一百多部作品、一個月連載的激烈競爭，通過網路人氣及編輯評審的作品為：

唯緣《下一站向陽》

【出版特色】

主題式徵文比賽，讀者參與互動並化身應援團，通過各項人氣考驗的網路新星即將誕生！

☆首度與讀者深入互動的出版企劃！

比賽期間讀者化身應援團，最高人氣的偶像（即作品）可獲出道機會。

出版後進行「讀者最愛番外票選活動」，邀請讀者參與創作，想看什麼由讀者自己決定！

☆神祕嘉賓帶來豪華陣容！

比賽之初即邀請人氣繪師Leila擔任十位偶像的人設立繪，十種不同風格的帥氣偶像一起現身，立即引起轟動！

還特別邀請三位「神祕嘉賓」參與企劃，亦從中挑選喜愛的角色各自創作一本新書，一起共襄盛舉。

樊落《風雲起之王不見王》

雲端《頂尖告白》

利牧星《我與偶像王子的最惡戀曲》

十位風格各異的偶像和他們經紀人笑中帶淚的演藝人生，即將感動上演～

相關活動請上：晴空部落格http://sky.ryefield.com.tw
決戰星勢力妄想後援會https://www.facebook.com/idolsgame

目錄

第一章

我是天天向上的蘇曉白

蘇曉白剛踏入演藝圈時，挖掘他的星探語重心長地告誡道：「想要在這行名利雙收，要做到三件事，一是堅持，二是不要臉，三是堅持不要臉。」

當時，還是天真無邪的高中生的蘇曉白，懵懵懂懂地將星探所說的話奉為圭臬。在與某個不知名的經紀公司簽約之後，堅持上正音課程，矯正他那略帶土味的腔調；堅持上發聲課程，矯正他那連狗都嫌棄的破鑼嗓子；堅持上美姿美儀課程，矯正他那堪比路人甲的儀態。

果然，堅持培訓外加打雜了三年，終於等來了一支廣告的試鏡機會。

廣告的產品是某大型連鎖企業新研發的即溶咖啡，該企業十分重視旗下的新產品，於是製作公司大手筆找來人氣度極高的廣告明星孟景涵飾演男主角，並邀請素有「王牌鬼導」之稱的國際級大導演梵天執導。

大企業、大製作、大卡司，短短九十八秒的廣告，激起了各大小經紀公司的明爭暗鬥，全都想把旗下的藝人塞進去軋一角。即使是跑龍套打醬油也好，至少能在梵天的心裡掛個號，也許以後有機會在他的電影中露臉。

打雜三年，試鏡超過三十次的蘇曉白，很有自知之明的不去妄想，可是他的經紀人凱哥卻突然告訴他明天要帶他去參加試鏡，讓他不禁懷疑，難道前幾天內部謠

傳的公司快要倒閉的消息是真的，不然這個餡餅怎麼會砸到他頭上？

雖然公司目前只剩下四個藝人，但他是年紀最小，也是唯二未正式出道的新人之一，這種大廣告怎麼也輪不到他頭上。

「因為你的氣質很符合對方正在甄選的角色形象。」凱哥笑著解釋道。

蘇曉白有些不安，這是他第一次參加這種大製作的試鏡，很怕自己搞砸了，於是忍不住問道：「什麼樣的形象？」

「就是不能長得太帥，不能長得太有型，聲音不能太好聽，也不能太高、太矮或太胖、太瘦，總而言之，就是不能比孟小生搶眼。」

「……那是什麼角色？」

「路人。」

「……」好吧，在《海綿寶寶》裡面演路人，跟在《龍貓》裡面演路人，兩者的等級還是不一樣的。就算是打醬油的路人，也有高端大氣上檔次的那種。

「你可不要小看這個角色，雖然他只是個普通的路人，但是……」

「但是？」蘇曉白眼睛一亮，難不成這個路人其實有著非比尋常的身分什麼的？

「呃……」面對蘇曉白閃閃發亮的目光，凱哥訕訕地道：「但是，他還真就只是個普通的路人。」尷尬地咳了兩聲，連忙又往回找補地說：「製作方對這個角色還是有嚴格要求的，就是要笑得自然，笑得很路人。」

「……」所以，還是路人嗎？

凱哥斂起神色，突然鄭重地道：「小白，你可千萬不要看不起路人這種小角色，很多人為了這個角色搶破頭，你家凱哥我可是從千軍萬馬之中廝殺出來，才爭取到這個試鏡機會，那慘烈的過程可以說是前無古人，後無來者，念天地之悠悠，獨愴然而涕下……」

蘇曉白狐疑地問道：「凱哥，你塞了不少紅包給人家吧？」不然以你那摳門的程度，別說是《龍貓》裡的路人，就算是《海綿寶寶》裡的路人都搶不到。

凱哥噎了一下，義正辭嚴地表清白：「你家凱哥我是那種人嗎？我才不屑用賄賂這種不入流的手段！如果我是會塞紅包的人，你的師兄師姊們就不會跳槽了，我們公司就不會只剩下四個藝人了！」

「……」這好像不是什麼值得驕傲的事？

凱哥說得興起，不小心脫口而出：「製作公司的執行製作助理是我大姨媽的表妹的侄子的堂哥的國中同學。」

「……」原來，這個「一表三千里」的親友才是真相嗎？

凱哥拍了拍蘇曉白的肩膀，「小白，雖然你是走後門的，可是凱哥絕對相信這個路人的角色是為你量身打造的，你生來就是為了這個角色而存在，所以不用緊張，儘管本色演出就沒問題了！」

「……」那啥，可以不要隨便安排別人的人生嗎？

一直把當初星探那番「不要臉的理論」放在心上的蘇曉白，並不覺得走後門是可恥的事，而且有前輩曾經說過：「在演藝圈這種環境中，機會來的時候，不懂得把握的人是蠢蛋。」

什麼「狂霸跩酷帥」，套用在他這種新人身上，絕對是自尋死路。

而且，不管是不是走後門，不管是不是演路人，能夠參與這種大製作，蘇曉白是既期待又興奮的。他始終堅信，跟大明星、大導演合作，可以學到很多東西，即使他只是個負責打醬油的路人甲。

第二天一大早抵達試鏡會場時，現場已經是人山人海，蘇曉白沒想到區區一個路人甲的角色也會引來這麼多人爭搶，剛才他眼角餘光似乎還瞄見了敵對經紀公司最近力捧的超級偶像。

直到這時，他才有了實在的緊張感，雖然平時他已經努力在學習各種技能，但畢竟沒有正式上場打怪的經驗，如今要越級挑戰BOSS身邊的小怪，壓力不是一般的大。

「凱哥，如果我落選了……」

「沒有加蓋的太平洋在那裡等著你。」

「……」

試鏡是在五個臨時設置的房間裡進行，依叫號順序，每次五人分別進入一至五號試鏡室，其他人則在試鏡室外的大廳裡等候。蘇曉白抽到五百六十七號，不前不後，據說號碼牌已發到一千兩百三十號了，可見競爭之激烈。

蘇曉白敬稱「凱哥」，綽號凱子的鄭凱為，待蘇曉白抽完號，就把他扔在角落，自己則像花蝴蝶般的穿梭在大廳中，與同行寒暄哈啦，觀察敵情，順便物色有潛力的新人。

由於凱哥沒有打聽到試鏡的內容，所以蘇曉白無從準備起，這是他第一次遇到這麼大的製作，卻是這麼小的角色。「路人」的角色，很少需要試鏡，一般的製作公司都會找群演，不會大費周章舉辦試鏡會。

蘇曉白仔細打量大廳裡的眾人，有些頗為眼熟，不是經常在各大節目裡跑龍套，就是在很多電視劇裡打醬油的小透明。更多的是眼生的人，可能跟他一樣都是未出道的新人，或是懷抱著明星夢的圈外人，想藉此機會一夕成名。

發了一會兒呆，視線不經意滑過大廳入口處懸掛的紅布條，上面寫著斗大的兩句話「試鏡跟我走，夢想握你手」，忍不住笑了笑。這種類似的口號，經常可以在試鏡會上看到。

正想收回目光，卻無意間與不遠處一個長得很漂亮的少年四眼相對。

蘇曉白來不及收回臉上的笑意，突如其來地對上視線，讓他很尷尬，只好扯了扯嘴角，朝對方點點頭，當作打招呼。

那個漂亮的少年就是剛來時所看到的敵對經紀公司最近力捧的超級偶像，名叫……

他掏出手機上網查了一下，哦，對了，叫做尚宣之！

尚宣之是這些人當中名氣最大的藝人，有「陽光小風暴」之稱，沒想到他會來參加試鏡。

凱哥一直把尚宣之當成頭號勁敵，因為他搶了不少自家公司的通告。好吧，事實上，人家根本沒把他們這個名不見經傳的經紀公司放在眼裡，不然他的師兄師姊也不會一個個出走了。

蘇曉白好奇地又看了過去，見尚宣之仍面帶微笑看著自己，一時間有些摸不著頭緒，只好莫名其妙再次報以友好的一笑。

試鏡的速度很快，每一批進去的人，不到三分鐘就出來了，而且出來時不是垂頭喪氣，收拾包袱離去，就是眉眼帶笑，腳步輕快地回到座位，等候下一輪召見。

蘇曉白觀察了許久，發現最快被淘汰的人幾乎是剛踏進門十秒，就低著頭退了出來。

於是，短短兩小時內，大廳裡就少了將近一半的人。

枯坐那麼長的時間，好不容易終於輪到蘇曉白，他剛一站起身，就發現尚宣之也站了起來，兩人顯然是同一批。蘇曉白下意識又對尚宣之微微一笑，尚宣之不知道在想什麼，慢了半拍才反應過來，也對他笑了一下。

與此同時，還在花園裡飛來飛去的凱哥，正好看到這一幕，立刻遙遙地朝蘇曉白揮了揮拳頭，示意他不能對敵人太友善。對敵人友善，就是給未來的自己難看。

蘇曉白裝作沒看見，堅定地踏著步伐，推開二號試鏡室的門。人家可是陽光

小風暴，隨便動動小手指，就能把他連根拔起，他又不是腦子進水了，才不會傻到去挑釁人家。

剛跨進門，抬頭一看，只見小小的試鏡室裡空蕩蕩的，只有一張桌子、一張椅子，桌子後面坐著一個身材微胖的中年男子，中年男子正瞇著幾乎看不到黑眼珠的小眼睛對著他笑。

蘇曉白反射性地也跟著微笑。

然後，中年男子笑咪咪地道：「好了，你可以出去了。」

蘇曉白瞬間就懵了。

他進來還沒超過十秒吧？

連嘴巴都來不及張開，一個字都沒說，就這樣被「請」了出去？

當下，腦海中立刻浮現了沒有加蓋的太平洋在對他招手的畫面。

蘇曉白愣愣地轉身，剛開門要往外走，後面又悠悠然傳來一句話：「在外面等決選。」

門在身後關上，凱哥飛奔到還一臉茫然的蘇曉白身邊，面色就像被卡車輾過一樣的難看，所幸他急歸急，躁歸躁，理智還是有的，至少知道不要在大庭廣眾下丟人，便極力壓低聲音道：「你被淘汰了。」

這是肯定句，而非疑問句。

前面那些剛進去就出來的人，一個個都耷拉著腦袋回老家種田了，他剛剛還在跟同行吹噓自家的藝人絕對能留到最後，沒想到小白馬上就給他漏氣。

看到凱哥一臉的恨鐵不成鋼，蘇曉白回過神來，連忙說道：「沒有沒有，我通過了，說是要我等下一輪甄選！」

「真的？」凱哥呆了一下，隨即滿臉狐疑地問道。

「真的！」蘇曉白挺了挺不怎麼結實的胸膛。

「哇哈哈哈！」凱哥突然爆出大笑聲，引來周遭人側目，讓蘇曉白很想挖個洞把自己埋進去，他的「不要臉」技能還沒滿級，「小白，幹得好，凱哥沒看錯你，你果然是我們公司最有潛力的明日之星！」

奇怪，他怎麼前幾天才聽凱哥跟另一位同事說過這句話？

在眾目睽睽之下，凱哥得意洋洋地把蘇曉白拉到大廳角落的柱子後面，遮去四面八方投來的視線，然後收斂起得色，鄭重地再次確認道：「你真的沒有被淘汰？」

蘇曉白翻了翻很久沒拿出來曬的白眼，抿嘴道：「真的。」

凱哥用力拍了一下蘇曉白的背，哈哈笑道：「小白，幹得好，凱哥沒看錯你，你果然是我們公司最有潛力的明日之星！」

「……」不能換句誠懇一點的台詞嗎？竟然連標點符號都一樣！

蘇曉白回到座位剛要坐下，才看到尚宣之從五號試鏡室出來，臉上沒什麼特別的表情，而且似是心有靈犀般，往蘇曉白這邊看了過來。看到他已經在座，驚訝之色一閃而過，接著禮貌地對他笑了笑。

彆扭的感覺在心頭掠過，蘇曉白同樣客套地點了點頭。不知道為什麼，他有種莫名的直覺，尚宣之今天好像跟他卯上了，可是他明明從來沒跟尚宣之接觸過。

想了想，他還是忍著沒問凱哥，一旦問了，說不定只會讓凱哥的尾巴翹得更高。當紅炸子雞視自家未出道的新人為勁敵，這種往臉上貼金的事，凱哥是寧可錯殺也不會放過的。

蘇曉白沒有再乾坐多久，不知道是不是他的錯覺，後面的試鏡速度更快了……呃，應該說淘汰人的速度更快了。當他回過神來時，初選已經結束，一千兩百三十人最後只留下了二十人，其中當然包括呼聲最高，有陽光小風暴美稱的尚宣之。

果然不該對凱哥抱持希望，原本明明說是要甄選「路人」，這個小風暴怎麼看怎麼禍害人間，除了跟路人一樣都是兩個眼睛、一個鼻子、一張嘴巴之外，半點也沒有打醬油的特質。

事實上，蘇曉白沒注意到的是，他自己的長相一點也不路人，也許不像尚宣之那般讓人驚豔，卻是十分耐看，而且越看越「甜」。

不是像女人的那種甜，而是像在品嘗春茶那樣，初時滋味綿長不顯，過後清香盈溢回甘。

不過也因為蘇曉白不是會令人一見鍾情的類型，需要多看幾眼才能發現他的「甜」，所以凱哥才會說他適合演路人。

製作公司把時間拿捏得分毫不差，首輪甄選結束之後正好是中午十二點，距離決選開始還有一個半小時。凱哥讓蘇曉白在原地休息，養精蓄銳，準備再戰，自己則風風火火跑了出去，說要買便當回來。

其他通過初選的人的隨行者，似乎也是英雄所見略同，紛紛做起了跑腿。

蘇曉白偷偷觀察進入決選的競爭對手們，有的眼熟，有的眼生，有的看起來就像路人甲，有的一站出來就很吸睛，使得蘇曉白越來越弄不清楚甄選的標準。

不只是蘇曉白在觀察別人，別人也在彼此暗暗打量，最受矚目的當然是尚宣之，他是眾人眼中理所當然的大熱門。而當這個大熱門起身朝蘇曉白走去時，其他人的八卦魂立刻熊熊燃燒了起來——這是要「嗆聲」的節奏嗎？

蘇曉白心裡咯噔一下，暗道：果然來了！

心裡的小人立即做出備戰的姿態，只等對方出拳就伺機反擊。

這種時候，可以輸人，不可以輸陣。

誰知尚宣之沒出拳，倒是率先伸出了友誼之手，「你好，我是『宸宇藝能』的尚宣之，久仰。」說完，和善地微笑以對。

蘇曉白還在為尚宣之那句「久仰」反應不過來，尚宣之已經聳了聳肩縮回手，遞了一瓶溫熱的易開罐飲料過來，還貼心地把拉環拉開了。

伸手不打笑臉人，蘇曉白接了過來，由於不知道對方的意圖，只好暫時採取「敵不動，我更不動」的應對之策，觀望看看再說。

尚宣之很自然地在蘇曉白的對面落座，一副要閒聊的架勢。

「恭喜你通過初選。」尚宣之笑道。

「彼此彼此。」蘇曉白乾巴巴地答道。

「你是我們當中最快通過評審考核的，決選應該是十拿九穩了。」

「啊？」

「這是澎大海，能潤喉爽聲，是我今年代言的新產品。」

「啊？」蘇曉白「啊」了一聲，才慢慢反應過來，仰頭喝了一口，乾巴巴地又道：「好喝。」

「那就預祝我們都能順利通過決選了。」

「啊？」蘇曉白傻傻地繼續扮鴨子。

這下子，尚宣之是真的笑了，對蘇曉白點了點頭，才起身回自己的座位。

蘇曉白看著尚宣之的背影，手心有些出汗。這好像是他第一次和大明星說話，剛才緊張得腦海裡一片空白，現在回過神後，卻是滿頭霧水，這人到底是來幹麼的啊？

「來幹麼的？來刺探敵情啦！」不知何時，凱哥已拎著便當，陰惻惻地站在蘇曉白背後，說著還拍了一下蘇曉白的後腦杓，「蘇小白，你能不能爭氣一點？敵人都上門踢館了，你還一點自覺都沒有，好歹給我裝一下莫測高深啊！看看你那副連狗都嫌棄的蠢樣，簡直是丟你家凱哥我的臉！」

「啊？」

「看看，看看，這飲料上面還印著尚宣之的臉，你竟然還幫他做宣傳！」

「這是他代言的，當然會印他的臉！」蘇曉白理所當然地說道，然後又小小聲地補了一句：「這個還滿好喝的。」

凱哥滿肚子的恨鐵不成鋼，滿腦子的陰謀詭計，就這樣被蘇曉白的理直氣壯給蠢沒了一半。

蘇曉白雖然綽號小白，卻不是真的小白，見凱哥一臉烏雲密布，有打雷的跡象，連忙識趣地打開便當，低頭扒起飯來。

就在這時，大廳入口處突然出現一陣小騷動，周遭的「考生」也紛紛竊竊私語起來。

蘇曉白好奇地看過去，只見不遠處大樓的幾名保全正忙著擋人，把一長串像尾巴般跟在一黑一白兩大發光體後面的激動粉絲攔在門外。而那兩大發光體對自己造成的動亂毫無所覺，只是逕自往前走，神情冷淡地不時側頭敘談著什麼事。

「靠！陸競宸真卑鄙，居然親自出馬為小弟打前鋒！」凱哥憤憤不平地捶著桌子道：「他一施壓，試鏡還試個屁，乾脆直接內定就好了！」

遠遠走來的兩大發光體，穿白色西裝，戴著細框眼鏡的英俊男子，正是宸宇藝能娛樂國際股份有限公司的行政總裁陸競宸。

陸競宸憑藉著果決犀利的強勢作風，以二十四歲之齡，一手手創辦宸宇藝能，而且在短短三年之內，把宸宇的娛樂版圖推向高峰。

宸宇藝能不止有藝人經紀的業務，旗下還有優秀的製作團隊，能自行錄製節目，拍攝廣告、ＭＶ、微電影，以及唱片製作，近期更將觸角延伸至大型演唱會、舞台劇等等。

宸宇藝能不是台灣娛樂圈最大的經紀公司，卻擁有不少天王天后級的偶像明星，也是許多藝人擠破頭也想進去的帝王殿堂。

何謂宸宇？帝居也。足見陸競宸的野心。

而此時走在陸競宸身邊的高大黑色發光體，便是演藝圈中赫赫有名的冷面天王韓越，也是宸宇的兩大招牌之一。

韓越十歲的時候被模特兒經紀公司發掘，十二歲起開始為某些國際知名品牌服飾走秀，十六歲時便已經成為紐約、倫敦、巴黎、米蘭四大時裝周的常客，是時尚圈中眾所皆知的超級模特兒。

不過，他職業生涯中最輝煌的戰績，是在二十歲時參加世界選美組織WBO（World Beauty Organization）舉辦的三大頂級國際賽事之一的「環球洲際先生（Mister Intercontinental）」大賽。

當時，他憑著俊俊出眾的面孔、黃金比例的結實身材、獨特清冷的風姿，以及震懾眾人的氣場，擊敗各國精英，脫穎而出，一舉奪得總決賽的冠軍，風靡全亞洲，從此奠定了頂尖模特兒的榮銜。

韓越不僅僅是伸展台上的王者，在跳槽到宸宇之後，在陸競宸的推動下，開始跨足唱歌、演戲的領域，甚至在二十二歲時獲得金曲獎的「最佳國語男歌手獎」，在二十五歲時奪得金馬獎的「最佳男主角獎」。

總而言之，年僅二十六歲的韓越，在蘇曉白眼中，就是個高貴冷豔的霸氣男神，是無人能攀折的高嶺之花……哦，想採摘這朵高嶺之花的人，據說都在太平洋上載浮載沉了。

韓越平素冷漠寡言，獨來獨往，而且據那些在太平洋上載浮載沉的人說，韓越看似穩重，實則要是踩到他的底線，就會引爆他的雷霆之怒，慘遭「滅口」。

比如某個在太平洋上越飄越遠的狗仔，只因為拍了一張韓越與某女藝人共進晚餐的照片，那家小雜誌社便遭到宸宇多方打壓，最後被迫倒閉。

再比如某個在太平洋上快要溺斃的小演員，只因為在拍片現場拿手機偷拍韓越與女主角試戲的照片，發到自己的FACEBOOK粉絲專頁上造勢，結果三分鐘後，他就被自己的經紀公司單方面解約，從此消失在娛樂圈中。

那個小演員叫什麼來著……蘇曉白搔了搔頭，半天也沒想起來。

另外還有各種未經證實的「那些在太平洋上載浮載沉的人不得不說的事」，都是他從八卦雜誌上看來的。既然他也是演藝圈的一份子，當然要時刻關心自己未來「同事們」的動向，據凱哥說，這是身為藝人的本分。

看到常在報紙雜誌上露臉的「同事」出現在眼前，蘇曉白感覺很新鮮地跟著大夥兒一起「朝聖」，於是凱哥又忍不住恨鐵不成鋼起來。

「蘇小白，你以為你是韓越的粉絲嗎？」

「我是啊！」蘇曉白理直氣壯地答道。男神在前，除了三炷香，不就是只能膜拜了嗎？

凱哥這時已經不想捶自己的心肝，而是想捶蘇曉白的腦袋了。

「你給我搞清楚狀況，陸競宸、韓越和梵大導演都有交情，他們只要一句話，你就只能滾回去泡茶了！」

蘇曉白擺了擺手，滿不在意地說道：「凱哥，其實我覺得你想多了，就算陸老闆不來，韓男神不來，我也贏不了尚宣之，這點自知之明我還是有的。再說，我覺得陸老闆不會做這種下三濫的事，人家可是大公司的老闆，有大老闆的氣度，才不會故意欺壓我這種小角色。」

凱哥開始磨牙了，他從來都不知道自家的小新人竟然對他的死對頭這麼有好感，早知道他應該帶于向陽那個二愣子來，而不是帶這個會把自己氣到腦溢血的蘇小白來。

宸宇的兩大巨頭一現身，陽光小風暴就很自覺地上前去請安，他那有些高傲的經紀人瞬間也化身成小綿羊，在比他小十歲的頂頭上司面前畢恭畢敬的。

在陸競宸底下做事的人都知道，陸總裁可不是什麼好性子的人，他個性嚴謹，不喜歡下屬拖泥帶水，冷酷到近乎無情的行事風格，總是讓身邊的人戰戰兢兢的。

「哼哼，柳賤人那個老滑頭，原來也有裝龜孫子的時候！」凱哥幸災樂禍地道。

柳成建是尚宣之的經紀人，曾經帶過不少頗有人氣的歌手、演員，不久前相中了宸宇挖角來的少年偶像尚宣之，便極力向公司爭取做他的經紀人。

而凱哥的年資與柳成建差不多，卻不曾帶出什麼叫得上名號的藝人，每每與柳成建在各種場合碰頭時，總會被對方明嘲暗諷，氣得凱哥只要一聽到柳成建的名字，嘴皮就開始發癢。

蘇曉白哪會管凱哥和別人的「愛與哀愁」，扒完飯就默默地朝聖看熱鬧，默默地啜飲著尚小風暴贊助的澎大海，正自娛自樂間，嘴巴裡猛地傳來一陣劇烈的刺痛，頭皮發緊，手掌瞬間喪失握力，飲料罐砰的掉落在地，褐色液體流滿一地。

凱哥嚇了一跳，以為蘇曉白粗心沒拿好，正轉頭想念個幾句，陡然間卻看到蘇曉白的嘴角溢出了絲絲觸目驚心的鮮血，忍不住嘴唇抖了抖，一時竟說不出話來。

蘇曉白頸背的筋繃得緊緊的，強忍著劇痛，顫顫巍巍地伸手從嘴裡摳出一根兩頭極尖銳的茶梗。那茶梗與一般茶飲中的茶梗不同，不僅梗較長，兩端更是像被刀削過似的鋒銳無比。

凱哥的臉色頓時一陣青一陣白，腦海中閃過無數畫面，最後漲紅了臉，從椅子上跳起來，破口大罵道：「那小子竟敢陰你！」

蘇曉白痛得嘶嘶嘶地倒抽了好幾口涼氣，根本無法說話，只是擺擺手，示意不一定是尚宣之幹的，畢竟很多茶飲都有茶梗，沒有證據指證尚宣之是凶手，更何

況，尚宣之無緣無故幹麼來害他一個無名小卒？

由於他們兩人是在大廳的角落，眾人的焦點又都放在大廳另一頭的幾大閃光體上，所以沒有多少人注意到蘇曉白的狼狽和凱哥的爆怒。

凱哥哪裡是肯吃虧的人，從隨身背包裡掏出一小包急救包給蘇曉白，說道：「你去洗手間處理一下，我去為你討回公道。」說完，就氣勢洶洶地朝「罪魁禍首」走去。

蘇曉白來不及阻止他，確實也得先處理傷口，只好齜牙咧嘴地忍痛往洗手間而去。

對著鏡子擦完血，又張大嘴巴照了半天，傷口太靠近喉嚨又太小，看得不是很清楚，看來試鏡結束之後得跑一趟醫院了。

只是，傷口這麼痛，不知道會不會影響試鏡？

如果決選像初選那樣也不用開口說話就好了，他實在沒把握痛成這樣還能裝得若無其事。

蘇曉白正無聲哀嘆，忽然在鏡子裡發現尚宣之出現在他後面幾步遠的地方，此刻的他，少了往日螢光幕上那青春陽光的笑容，而正面無表情地看著他。

蘇曉白嚇了好大一跳，反射性地縮了縮脖子。

尚宣之陰沉沉地說道：「我不會道歉的。」

「啊？」蘇曉白愣愣地張嘴應了一聲，隨即嘶的又痛得齜起牙來。

「你覺得當偶像很容易嗎？沒有自覺，沒有警覺，沒有突出的才華，對人沒有防備心，也沒有任何手段，像你這麼天真的人，根本不可能做好一個稱職的偶像。」尚宣之冷笑地道：「如果你以為偶像只靠一張臉，那就大錯特錯了，這個圈子從來不是你想像中的那樣簡單。」

蘇曉白看著尚宣之，聽著他歷數那彷彿背後隱藏著許多不為人知的艱辛和黑暗的嘲諷，一臉的木然。他從未正式出道，自然不能體會在演藝圈打滾的艱難，可是他也沒有小看過任何一個藝人，哪怕是名不見經傳的群演，畢竟自己連群演都不如，不過還是個遊走在各大小試鏡會的小透明。

「出道以前，我每天要接受七小時以上的聲樂舞蹈培訓，要上五小時以上的肢體表演、說話走位課程，一旦沒有達到標準，就會被毒打。」

說到這裡，尚宣之自嘲地道：「為了保持身材，自從進入這行，我就沒有吃飽過，甚至幾餐不吃都是正常，還曾經一天之內接受二十家報紙雜誌的採訪。你呢？

你能做到嗎？」

蘇曉白不止是嘴巴裡的傷口疼，聽到尚宣之陰暗的剖白後，連牙齒都開始疼了起來。

這孩子肯定是被折騰得太狠，以致於性格扭曲，後來又悶得太久，悶著悶著就心理變態了，心理變態就想報復社會，於是，他就無辜受害了。

「我不會道歉的。」尚宣之又重申一次，然後冷冷地看了蘇曉白一眼，轉身離去。

蘇曉白鬱悶了，只是鬱悶歸鬱悶，民生大事得先解決，尿意一上來，誰還管失意？

當下，垂著腦袋，慢慢挪到小便斗前，扯下褲襠的拉鏈，正準備爽快解放，旁邊忽然有個高大的陰影籠罩下來。

他隨意地瞥去，頓時尿意一縮，「啊」了一聲，緊接著是嘴巴吃痛的嘶嘶嘶抽氣聲。

來人淡淡地瞄了蘇曉白一眼，就冷靜地對著隔壁的小便斗掏出偌大的傢伙，旁若無人地釋放身體裡多餘的液體。

蘇曉白瞪大眼睛，呆呆地看著宛如散發著無數神光的韓越，原來男神也是會撇尿的……

雖然被看習慣了，但在撇尿的時候被人用熾熱的目光注視著，韓越感覺很不舒服，忍不住蹙起好看的眉頭，見對方還傻傻地半張著嘴沒意識到，臉不禁黑了一半，當下從喉嚨裡發出不滿的哼聲。

蘇曉白驚了驚，連忙轉回頭，扶著自己的小傢伙，故作專心地解放，可是只一會兒，他又克制不了地偷偷用眼角餘光往男神……下面看去。說不定他是第一個看過男神「那裡」的人……

在被圍觀的情況下撇完尿，韓越黑著一半的臉，淡定地抖了兩下小兄弟，就慢條斯理把它按了回去。

斜眼偷覷的蘇曉白有些遺憾，從他的角度看過去，只能依稀看到男神那裡的局部形狀，而且還沒來得及多看幾眼。

正暗暗搖頭，安靜得只能聽到水聲的洗手間，忽然響起男神略微低沉而富磁性的聲音：「面對惡意的嘲諷時，如果你還能微笑，那麼，總有一天，你就能夠讓那些人閉嘴，站上這世界的頂端。」

蘇曉白微微一愣，男神是在跟他說話嗎？男神是不是聽到剛才尚宣之的話了，所以男神現在是在……安慰他嗎？

彷彿中了大樂透頭彩，巨大的喜悅一瞬間充滿蘇曉白全身，他登時兩眼放光，激動地轉身面向韓越，一邊忍著嘴巴的刺痛，一邊笑得面目猙獰。

結果，韓越另外一半的臉也黑了。

不是因為蘇曉白笑得「驚天地，泣鬼神」，而是因為蘇曉白家的小兄弟忘了關水龍頭，那一道還剩半壺的黃澄澄溪水，便豪邁地灑在了韓越腳上那雙特別訂製的深褐色法國BERLUTI皮鞋上。

所有男人夢寐以求的手工皮鞋，高貴也很昂貴的頂級皮鞋，就這樣慘遭某人的小兄弟毒手。

蘇曉白悚然一驚，不僅大樂透頭彩飛了，還看到沒加蓋的太平洋又開始深情地呼喚他。

偌大的洗手間裡頓時一片死寂，韓越面色陰翳地垂著眼簾注視著蘇曉白的小兄弟，直把它盯得驚恐地縮了回去。

蘇曉白手忙腳亂地把自家那個忘了抖兩下撇乾淨的小兄弟塞回褲襠裡，免得下一秒就被男神毀屍滅跡。

嘴巴疼真心比不了森森的蛋疼啊……

蘇曉白耷拉著腦袋，完全不敢抬頭看男神，許久，頭頂傳來一聲冷哼，接著是噠噠噠漸行漸遠的腳步聲。

直到確認男神已經離開，蘇曉白才吐了一口長氣，誰知牽動到嘴巴裡的傷口，痛得他又嘶地連吸好幾口氣。

可惜他沒空喘息，決選的時間快到了，他只得匆匆忙忙跑回大廳。而就在他奔出洗手間後，小便斗旁邊其中一個坐式廁間的門被從裡面推開，陸競宸一臉若有所思地走了出來。

在大廳裡罵罵咧咧個不停的凱哥，一看到蘇曉白回來，立刻用手指戳了戳他的額頭，「說你笨，你還真敢蠢給我看！明明陰你的人就是他，結果他說不是他做的，你就相信了？他是你爸還你媽，人家說什麼你就信什麼，能不能給我爭口氣啊！」

蘇曉白被批得一頭霧水，好一會兒才弄明白，原來比他先出來的尚宣之，居然跟凱哥說自己相信凶手不是他，兩人已經握手和解。除了無言，蘇曉白就只剩無奈了。

他默默看向尚宣之的座位，發現他也正看著他，而且臉上依然掛著那副在螢光幕前能閃瞎人的陽光笑容。

在人前對他稱兄道弟，在人後對他言語暴力，這一刻，蘇曉白深深地覺得，要成為一名合格的藝人，自己還有相當大的進步空間。

只是，他的滿腹心事沒辦法對人言說，他覺得就算說出來也沒人會相信。誰會相信陽光小風暴是個表面爽朗內裡陰暗的人？就是自己，都還覺得像在做夢呢！

於是，蘇曉白只好悶不吭聲地任何凱哥戳腦袋，反正他嘴巴受傷了，不能說話。

所幸在凱哥把他從蘇曉白戳成真正的蘇小白前，試鏡就開始了。

原以為決選的內容會與初選不同，沒想到還是跟上一輪一樣，叫號後各自進入試鏡室。

蘇曉白和尚宣之的號碼相近，兩人又是同一批進去，只是蘇曉白這次在裡面站了足足五分鐘，然後與初選一樣，什麼話也沒說就結束了。

他遇到的還是同一位考官，剛踏進門，對方就瞇著小眼睛對他笑。因為嘴巴裡有傷口，所以他只能「皮動肉不動」地報以一笑，正想開口解釋自己受傷的事，小眼睛考官就伸出食指做了個噤聲的手勢。

最後，蘇曉白站了五分鐘，笑了五分鐘，就莫名其妙退了出去。

更讓人莫名其妙的是，他一出來，竟然看到凱哥笑得比菊花燦爛地對他招手，還用比平時親切十倍的語氣說道：「小白，恭喜你，我把你賣掉了，還賣了個好價錢！」

蘇曉白呆住了，他不過才進去五分鐘，世界就變得那麼凶殘了？

凱哥摸了摸他的頭，安撫地解釋道：「你啊，也不用擔心，凱哥可沒有要害你的意思，就算凱哥再愛錢，也不會隨便出售自己的藝人。其實，買你的人是……」說到這裡，忽然壓低音量道：「剛才你進去之後，陸總找上我，說要買下你的經紀約。」說完，滿意地看到蘇曉白驀地瞪圓眼睛。

凱哥以為蘇曉白是高興得傻了，殊不知蘇曉白是嚇得傻了，他直覺認為男神想要把他「滅口」，便讓陸總買下他，好更方便就近折騰他。為了一雙皮鞋而已，男神至於如此嗎？

「陸總怎麼會……」蘇曉白有些彆扭，說不出買下他的話，他又不是在賣……

「那是陸總有眼光，看出你的潛力了。」凱哥睜著眼睛說瞎話，接著又振振有辭地道：「不過，你別以為陸總是那麼不厚道的人，他買下你，還把陽光小風暴送給我了。我們是公平交易，誰也不虧誰。」

蘇曉白的眼睛瞪得更圓了，如果不是嘴巴有傷口，這會兒他的嘴巴肯定張得能塞下駝鳥蛋。

這算是哪門子的公平交易？用一個還沒出道的新人換來陽光小風暴？公平交易委員會同意了嗎？這便宜占得那叫一個「慘絕人寰」、「空前絕後」了！

不對，凱哥剛才不是還罵尚宣之是陰險狡詐的小狐狸，怎麼一轉眼就露出了歡歡喜喜像要娶小媳婦的老狐狸猥瑣樣？

看到蘇曉白狐疑的眼神，凱哥搭著他的肩膀，語重心長地說道：「小白啊，雖然你就快要投向別人的懷抱了，但我們畢竟也是有過一段，凱哥就再教你最後一課。要在這個圈子混，光有善良、寬大的心胸是不夠的，必須因時因地制宜，別人欺負你的時候，就要適當反擊。要是軟得像個包子，就別怪狗會惦記你了。尚宣之那樣做才是對的，難怪他現在是當紅炸子雞，而你就是個還沒出道的小新人。」

跟了經紀人這麼久，直到現在，蘇曉白才終於領悟到經紀人是一種什麼樣的生物。

所謂的經紀人，就是有百分之五十的利潤，就敢鋌而走險，有百分之一百的利潤，就敢踐踏一切的王八蛋。

不過，蘇曉白對於自己被暗盤交易所生的惆悵，在幾天後獲知自己竟然跌破眾人眼鏡，通過試鏡決選而錄取時，全都煙消雲散了。當下，他只想雙手插腰，仰頭大笑三聲。

在暗爽到得內傷之前，忽然想起了尚宣之，難道他落選了？

克制不住好奇心，蘇曉白主動找上過不了多久就要迎娶新媳婦，正興奮得每天打掃辦公室的凱哥。凱哥也為蘇曉白能在梵大導演執導的廣告中摻一腳感到高興，畢竟是自己旗下的藝人，只是蘇曉白已經快要改嫁，他的喜悅之情就淡了許多。

當然，現在在他心目中，小風暴比起連個小漣漪都激不起的蘇小白重要多了。

「尚宣之沒有落選，他是在決選時主動棄權了。」

「咦？為什麼？」

凱哥看了蘇曉白一眼，那幽怨的小眼神，讓蘇曉白忍不住起了一層雞皮疙瘩。

「陸總已經知道他對你做的事了，所以……明明沒證據，怎麼能說是尚宣之做的呢？小白，你不也是這麼想的嗎？不然，你去跟陸總解釋一下，就說是你自己誤

會尚宣之了。尚宣之跟你不一樣，他的名聲很重要啊！」

凱哥對自己未來新媳婦的好感度正達到一個爆棚的高度，於是三天兩頭地改話風，這讓蘇曉白再次深刻體悟到，經紀人就是個為了百分之三百的利潤，就敢顛倒黑白的王八蛋。

蘇曉白很心塞地轉頭去刷FB了。

三年前，他在FB上開了一個粉絲專頁，雖然還沒出道，但類別很無恥地選擇了「藝人」，而專頁的名字就跟他的本名一樣「白」，叫做「我是天天向上的蘇曉白」。目前粉絲數只有孤單的三十八人，其中還包括被他強迫要求按讚的十八個高中同學和大學同學。

登入之後，他在塗鴉牆上寫道：「今天前輩又對我上了深刻的一課，想要成為一名合格的藝人，就要言行一致，表裡如一，更要愛惜羽毛。比如尚宣之前輩，他那陽光般的笑容，治癒了無數的人，我要努力向他看齊。」

發佈完沒營養的動態後，蘇曉白便登出粉專，換成本尊帳號登入。

由於他沒有藝名，所以本尊帳號就直接取名叫做「小馬甲」，而且隱私設定了只有自己才看得見貼文，所有人都看不到他發佈的動態。

他在小馬甲的塗鴉牆上寫道：「尚宣之，你給我等著，總有一天，我會像男神說的那樣，用笑容征服全世界！」

寫完後，很滿意地看著自己的豪情壯志，然後悠悠然地重新登入「我是天天向上的蘇曉白」的粉絲專頁。

剛才發佈的最新近況只有三個人按讚，全都是他的高中同學，下面還有三條留言。

「小白，你又在裝逼了啊！」切，你才裝逼，你全家都在裝逼！

「有追求是好事，只是標準還是放低一點吧，尚宣之不是你能仰望的高度啊！」尚宣之有多陰暗，你知道嗎知道嗎知道嗎知道嗎知道嗎……（以下省略三百字）

「來，給爺笑一個！」笑屁！

深深吸了一口氣，蘇曉白裝逼地在底下回覆：「謝謝大家，我會天天向上，爭取有一天能用最好的作品回報支持愛護我的人。」然後發了一個更裝逼的擁抱符號。

在發送出去的同時，左上角跳出了新收到一個讚的通知訊息。

隔了一年半，終於又收到新的讚，蘇曉白連忙點擊開來，想看看是哪個慧眼識英雄的粉絲，沒想到在看到對方名字的瞬間，差點把滑鼠摔出去。

尚宣之？

尚宣之幹麼追蹤他？

該不會是別人冒用他的名字吧？

他剛才發佈近況時，明明沒有圈尚宣之呀！

點擊尚宣之的名字連結過去一看，蘇曉白頓時淚流滿面，確實是尚宣之本人無誤，因為尚宣之三個字的下面掛著另一行更讓人心塞的字：「109萬人說這讚」。

擁有一百萬粉絲的陽光小風暴，為什麼要追蹤一個只有三十八名粉絲，還是他看不順眼的人的粉絲專頁啊？

他實在不懂變態的心理呀！

就在蘇曉白感到萬分驚恐的時候，又發生了一件讓他更驚悚的事，繼按讚之後，陽光小風暴立刻又發佈了最新動態，還圈了他的名字，寫道：「這是我在最近的試鏡會上認識的小夥伴，再過一段時間，他將在梵大導演執導的咖啡廣告中露臉，是他的處女秀哦，請大家多多關注！」

然後，蘇曉白就眼睜睜看著「我是天天向上的蘇曉白」名字下方的讚數，從萬年不動的「三十八加一」跳到三千八。然後，又收到陽光小風暴本尊帳號傳來的私訊，只有短短的一句話：「恭喜你被錄取了。」

有句話怎麼說來著？

忍字頭上一把刀，等到忍無可忍的時候，就插對方一刀。

換言之，在廣告開始在電視上播映時，至少會有三千八百人知道他的出道處女作是飾演一個負責打醬油的路人甲嗎？

這刀真是插得既猛烈又粗暴啊！

第二章

如天神般乘風而降的天王

輕快而節奏感強烈的電子音樂，在偌大的舞蹈練習室裡不斷迴盪，兩名少年對著整面的落地鏡牆，和著鼓點拍子，搖擺著身體和律動著四肢。只是，相較於穿橙色T恤的少年那靈活的手腳，另一名個頭稍矮的少年，動作就嫌拖泥帶水了些。

「曉白，你的右腳慢了一拍！」

「曉白，左手在腰邊停兩拍才揮出去！」

「曉白，走位錯了！」

「曉白，你同手同腳了啦！」

……

好吧，不止是拖泥帶水，根本是喪屍在起乩。

當同一首曲子、同一支舞蹈重複了八次之後，喪屍……哦，是蘇曉白已經幾乎虛脫地呈大字形癱在地板上了，可是于向陽的提醒聲音卻依稀還在耳邊嗡嗡作響。

于向陽臉不紅氣不喘地蹲到蘇曉白旁邊，皺眉打量著他，「曉白，這舞我們都跳三個月了，你怎麼還像小學生在做大會操？」頓了頓，又補了一句：「前幾天我看我妹跳〈小蘋果〉的拍子都比你穩。」

于向陽的妹妹剛升上幼稚園大班，蘇曉白覺得自己的膝蓋被插了一萬枝箭。

看著蘇曉白一副有氣無力的模樣，于向陽擔憂地道：「你這樣去『宸宇』沒問題嗎？」

聽到這話，蘇曉白瞬間原地滿血復活，明天他就要去宸宇報到，為此，他特地把于向陽找來平時他們一起上課的舞蹈教室，陪跳自己長久以來避之唯恐不及的街舞，共敘最後的革命情誼，因為下次再見面時，他們就是競爭對手了。

不過，比起于向陽對他的關心，他更煩惱于向陽的未來。

于向陽的運氣很差，前一個經紀公司因老闆投資副業失利而倒閉，轉入他們公司後，又因公司的經紀人挖角總是碰壁，且遲遲無法幫旗下藝人接到大卡司大製作的案子，導致大夥兒紛紛出走，最後連財務部都下通牒，下個月可能發不出薪水。

雖然同樣都還未正式出道，但是蘇曉白覺得自己比于向陽的運氣好太多了，至少他是被「賣」到很多藝人即使打成豬頭也擠不進去的宸宇藝能，而好哥們兒于向陽卻得面對不知何時要宣告破產的公司。

於是，為了兄弟，蘇曉白毅然地決定插未來東家兩刀，「小陽，就算我們公司倒了，你也別擔心，等我在那邊站穩腳跟，我就想辦法讓那邊的經紀人把你『買』過去！」

于向陽一臉的莫名其妙，「我沒想要去宸宇啊，而且尚宣之跳來我們公司之後，準備組一個搖滾樂團，已經邀請我擔任貝斯手，還讓我客串他新專輯ＭＶ的男主角，接下來我會很忙，怎麼可能過去宸宇？」

忽然聽到意想不到的名字，蘇曉白的下巴驚掉了一半，語無倫次地說道：「尚尚尚尚尚尚尚尚……宣之，你們什麼時候好上了？」

于向陽愣住，「不是你推薦的嗎？他說你們是好朋友，他相信你的眼光。後來我跟他見了幾次面，發現他和螢光幕上的形象果然一樣，很開朗又好相處，我們滿聊得來的。」頓了一下，又道：「他家很大，有專屬的錄音間和舞蹈練習室等等，還有地下室可以練團，不怕吵到別人，真的很方便。」

蘇曉白整個人都不好了，距離那次試鏡正次交鋒到現在，短短兩個月不到，那個變態小風暴竟然已經滲透到了他的人際圈，還順帶圈了他的哥們兒，這是在「抓交替」嗎？

欺負不到他，就把他哥們兒拐回家！

「我什麼時候跟他是好朋友了？」

于向陽嘴巴咧得大大的，笑得跟他的名字一樣燦爛，「果然就像尚宣之說的，你一定會這麼說！放心吧，我不會告訴別人你們兩個交情好，免得別人利用你接近他。不過，他都在FB上推薦你了，你也不用遮遮掩掩了，大大方方的不是很好嗎？他都不怕別人風言風語了，你有什麼好怕的？」

說到這裡，已經把尚宣之當成哥們兒圈一員的于向陽，開始為尚宣之打抱不平起來：「他把你第一次拍的廣告片側錄下來，還特地將有你的片段剪出來，放到FB上幫忙宣傳。他這麼熱心，你再躲躲閃閃的，就太不夠意思了。」

蘇曉白不止是整個人不好，而是已經開始風中凌亂了。

想起尚宣之把他在廣告片中出現的三點八秒畫面特意剪出來，發佈在一百零九萬人說讚的粉絲頁上，結果上百名粉絲在下面紛紛回覆問道：「在哪裡在哪裡？哪個是蘇曉白？」他的憋屈就瞬間逆流成河，真是讓人心塞啊！

一個月前，他興致勃勃去到拍攝現場，結果男主角沒見到不說，王牌鬼導連根手指頭也沒出現，他拍的那場次也只是副導上陣，而副導還是他的老熟人，就是那位在試鏡時遇到的小眼睛考官。

只是，拍攝那天，副導像是不認識他似的，全天都板著臉，連個眼角餘光也沒施捨給他。

誰叫他只是個淹沒在一群像他一樣的「路人」中的路人丁。

於是，他的出道初體驗宛如流星般劃過，然後……殞落。

而他好不容易出鏡的那3.8秒，就像凋零的煙花般寂寞。

更打擊人的是，當天他例行性地刷FB，還來不及在塗鴉牆留言時，陽光小風暴已經先把他的廣告上傳，甚至特意將他出現的3.8秒剪出來，圈了「我是天天向上的蘇曉白」，得意洋洋地寫道：「這是我的小夥伴。」後面還跟了一排跳舞撒花的表情符號。

蘇曉白當場想翻桌，這下子，不是三千八百人知道他的出道處女秀是負責打醬油的路人丁，而是有一百零九萬人都跑來圍觀了。

他不是看不起路人的角色，他很清楚自己的斤兩，也不介意從「基層」開始往上爬，慢慢累積實力和底氣，但這不表示他樂意在「路人時代」就那麼高調，很有種沒包尿布被三姑六婆圍觀小兄弟的苦逼啊！

小風暴大人，你到底是看上小爺哪裡？我改還不行嗎？求放過！

可惜，他只能悲憤地在FB上回覆：「謝謝前輩。」

于向陽彷彿沒察覺蘇曉白複雜的神色，兀自絮絮叨叨地數著尚宣之的好，末了還拍著蘇曉白的肩膀說道：「尚宣之這個人真不錯，他還要我轉告你，宸宇的大牌藝人多的是，你一個小光棍在那裡有要眼色要謙虛，對人要和氣恭敬，尤其是陸總的愛將，像是風擎啊薛慕聲啊……」

數了幾尊大神之後，于向陽突然又點名：「對了，千萬不能招惹韓越！」

蘇曉白的眼皮猛地跳了一下，這個「招惹」的定義挺難掌握的，他現在去道歉還來得及嗎？

「尚宣之說，韓越雖然是宸宇的藝人，但是陸總也不敢擅自做韓越的主，韓越的通告都是陸總親自過問的，如果韓越不點頭，陸總就絕對不會勉強他。」

「……」那啥……道歉外加請吃一頓飯什麼的，能夠消弭他冒犯男神……的鞋子的罪孽嗎？

「不過，我已經讓尚宣之放心了，因為你和韓越那種大人物是一個天一個地，不會有機會接觸，那就不可能得罪他了。當然，萬一你在宸宇混不下去了，可以考慮再回來。有尚宣之的面子在，相信凱哥不會拒絕的。」

蘇曉白直接忽略于向陽後面那幾句話，當下愉快地決定，以後只要看見那個連陸大BOSS都惹不起的超級男神，就遠遠繞道走。

于向陽看了看手錶，說道：「時間差不多了，尚宣之的簽約加盟記者會快要開始了，我們還是趕快回去幫忙吧，凱哥他們現在一定忙翻天了。再說，身為尚宣之的好兄弟，我們得去幫他撐撐場面才行。」

蘇曉白撇了撇嘴，他和心理陰暗的陽光小風暴才不是什麼好兄弟呢！何況，尚宣之有一百零九萬的粉絲頂著，那場面肯定相當盛大，根本不需要他這個路人丁去濫竽充數！

而且，他就是故意選擇凱哥為尚宣之舉辦加盟記者會的今天，拉著快要變成昔日戰友的于向陽敘話的，免得被凱哥抓去當免費勞力，特別是不想當陽光小風暴的免費勞力。

誰知他的戰友一點都不給力，人家說了幾句話，就把他糊弄到敵營去了。

于向陽哪裡知道蘇曉白的腹誹，逕自拉著心不甘情不願的他，直奔記者會現場。

兩人棲身的小廟「吉星娛樂」為了迎接尚宣之這尊大神，特地選在五星級大飯店舉行正式簽約加盟記者會，飯店門口更是鋪開了媲美星光大道的紅地毯等待嬌客。

蘇曉白和于向陽剛抵達飯店，就見門口已經是萬頭攢動，各路媒體記者、攝影

機擺好了陣仗，追星的粉絲們舉著自己做為偶像做的布條、海報等等，引頸翹望，將門口擠得水洩不通。

兩個鄉巴佬面面相覷，一時有些不知所措，好像直到現在才感受到自己和尚宣之的差距。

事實上，他們不知道的是，有一部分的記者是衝著八卦來的。

陽光小風暴正是如日中天的時候，卻在無預警的情況下，突然宣布從名震娛樂圈的宸宇藝能轉投到名不見經傳的小公司，說裡面沒貓膩，那是把大家當傻子。

結果，這一個多月來，謠言滿天飛，多數說的是「尚宣之和陸大總裁間不得不說的事」。虧得尚宣之的形象好，陸競宸的作風強勢，眾人才不敢往齷齪裡說。

好不容易逮到尚宣之加盟新公司的記者會，大夥兒自是摩拳霍霍，希望能從尚宣之嘴裡挖到一點可以大作文章的消息。因此，前來共襄盛舉的記者比往常多了一倍有餘。

至於那些也比平時多了一倍有餘的粉絲，則是為自己的偶像加油打氣來的。

雖然他們也不懂為什麼自家偶像會忽然跳槽，還跳到拿不出半個大牌藝人的小經紀公司，但秉持著「偶像永遠是對的，萬一看見偶像在路邊撇尿，那一定是路人看錯記者寫錯」的最高指導原則，就算是蹺課、蹺班，也要排除萬難，前來聲援。

於是，兩造人馬各懷心思，嚴陣以待。

在旁邊的蘇曉白和于向陽，你看看我，我看看你，很有默契地找了根沒人的柱子站樁圍觀。

場中有一群穿著印有「吉星娛樂」四個大字的背心的工作人員滿場跑，根本輪不到他們兩個沒見過世面的楞頭青幫忙吆喝接待。

君不見，連向來眼尖的凱哥發現兩人時，連眼角餘光都沒捨得給，而是逕自意氣風發地與以前給他冷臉如今給他笑臉的賓客們熱絡寒暄。

蘇曉白有微微的失落感，凱哥平時見到他，總是會把他拉過去，恨鐵不成鋼地叨念幾句，現在卻是對他視而不見，是因為他即將要轉換東家了吧？可是，他也是無辜的啊，他是被「交易」出去的，不是他自願的。

見蘇曉白有些恍神，于向陽推了推他，問道：「曉白、曉白，你怎麼了？」忽然想到什麼似的，拍了拍他的肩膀，安慰道：「你不用擔心，你走了以後，有尚宣之在，我們公司只會越來越好，不用再擔心倒閉的問題了。」

蘇曉白瞬間囧臉。

看著于向陽那純淨的眼神、無邪的表情，他覺得自己的煩惱在這一刻比少年維特還要多。

蘇曉白一把勾住于向陽的脖子，在他耳邊壓低聲音道：「小陽，你以後一定要小心尚宣之那小子，他不是……」本來想說「他不是什麼好東西」，但又覺得在別人背後挑撥離間太不正大光明了，於是改口道：「他不是像外表那樣，他說的話有時候你要反著聽，這個人不像外表看起來的那麼單純，你還是跟他保持一點距離比較好。」

于向陽狐疑地瞄著蘇曉白。

「總而言之，不懂沒關係，只要先記住我的話就對了。」蘇曉白嚴肅地看著于向陽。

「又被尚宣之說中了，你果然會這麼說！」于向陽笑道：「曉白，你的戒心太重了啦，尚宣之才不是那種人呢！你還否認你們是好朋友，如果不是好朋友，他怎麼可能會這麼了解你？」

「……」那個心理陰暗的傢伙是給你下蠱了嗎？要不然，你為什麼那麼聽他的話？

蘇曉白還想再說什麼，飯店大門口忽然傳來了一陣騷動聲，接著就聽到粉絲們此起彼落大喊著「Shawn」。尚宣之的粉絲很少直呼偶像的名字，通常是叫他的英文名字，這是蘇曉白在他的FB粉絲專頁看到的。

而且，他還看到尚宣之的粉絲們都自稱「香粉」。

一群香粉吶喊了老半天，自製的歡迎海報、旗幟搖了大半天，也沒看到陽光小風暴現身飯店大門口，蘇曉白正覺得莫名其妙，陡然間聽到車子低沉的引擎聲由遠及近，在還沒反應過來的時候，一輛銀色超跑就映入眼簾，停在了飯店門前。

蘇曉白瞪大眼睛，他對車子沒研究，只是幾天前在電視新聞上剛好看過這輛據說價值七千萬的頂級超跑的介紹。Huayra（風神）是義大利獨立車廠Pagani（帕加尼）的極致藝術之作，而據說Pagani準備在台灣設立展示中心，可能就會展出這款夢幻超跑。

如今展示中心還沒個影，眾人就先看到了Silver Huayra（銀色風神）本尊……

不過，顯然超跑裡的人更吸引廣大的香粉們，因為當車子副駕駛座的車門如鷗翼般向兩旁展開時，香粉們呼喚偶像的叫聲瞬間拔尖幾欲衝破天際，也沖散了蘇曉白乍然看到頂級超跑的震撼。

蘇曉白抿了抿嘴唇，心想：如果Pagani的董座知道他家的Huayra比不過一個小偶像，應該會哭吧？簡直是有眼不識金鑲玉嘛！

這可是每個男人心中都想擁有的夢幻超跑啊！

沒想到尚宣之那個小狐狸的身家竟然這麼雄厚，光是出場的派頭就搞得聲勢十足，人還沒出現，就先讓車子出來搶眼球。雖然香粉不識貨，但是光看那些攝影記者鎂光燈閃個不停，對著車子猛拍，就知道他們有多狂熱了。

「小陽，你去尚宣之家裡的時候，有看到這輛跑車嗎？」蘇曉白好奇地問道。

「沒有，他家的車庫只有一輛保時捷。」于向陽頓了頓，又道：「他說不是最新型的。」

「……」不管是不是新型的，尚宣之果真讓人討厭啊！

當穿著白西裝的尚宣之宛如白馬王子般優雅地從車裡走出來時，竟然有香粉喊「Shawn」喊到熱淚盈眶了。

沒見過這等陣仗的蘇曉白，驚恐地張大了嘴巴。有必要這麼感動嗎？不過就是一隻表裡不一的小狐狸，至於嗎？

尚宣之露出迷人的微笑，對左右兩邊的媒體記者和粉絲們微微點頭示意。

凱哥帶著幾名工作人員迅速迎了上去，尚宣之主動和凱哥握手，遠遠的只見凱哥笑得眼睛都看不見了，讓蘇曉白有些不是滋味。

蘇曉白想拉于向陽先進大廳，不想在這裡看尚宣之跟即將變成「前同事」的工作人員「你儂我儂」，卻瞥見超跑的駕駛也跟著走了出來。

最初，蘇曉白沒注意，可是那讓人豔羨的長腿、那讓人垂涎的身材……臥槽！這不是那個他正想著要敬而遠之的超級男神韓越嗎？

這是什麼狀況？

為什麼縱橫演藝圈的超級天王，會開著頂級超跑，當起了尚宣之的司機？

現場有那麼一瞬間詭異的安靜，文字記者們全都半張著嘴，想著自己是不是錯失了什麼重要的消息，而攝影記者們也全都忘了拍照。

回神最快的是眾多的香粉們。她們是尚宣之的粉絲沒錯，卻不妨礙她們膜拜比偶像更大尊的神。這就像看到土地公要跪，看到土地公的頂頭上司城隍爺要跪得更快一樣。於是，場面再次沸騰了起來。

有的香粉繼續吶喊Shawn，有的香粉則開始呼喊韓天王的名字……雖然不像喊自家偶像那麼整齊。

與尚宣之相反，韓越一身黑色勁裝，戴著墨鏡，整個人的氣質非常高冷。

即使是面對粉絲熱情的叫喚，他也充耳不聞，連眉毛都沒動一下。

倒是尚宣之再次親切地朝粉絲們點頭微笑，引得香粉們激動尖叫，接著才轉頭對韓越低聲說了幾句話。只見韓越微皺眉頭，伸手摘下墨鏡，掛在胸前的口袋上，就朝黑壓壓的大片人頭看了過來。

蘇曉白心中驀地升起一股不祥的預感，他猶豫著要不要撇下于向陽，自己先躲進飯店。萬一被男神認出他就是那天撇了他一鞋子尿的人，說不定還沒跪土地公，他就得先去跪城隍爺了。

然而，不怕豬隊友，就怕神補刀。

比起韓天王，于向陽更在意剛認識不久卻很聊得來的小夥伴，因此，一看到尚宣之像在找人似的，視線四處兜轉，他就主動對號入座，高舉雙手，對著尚宣之胡亂猛揮。

靠！你還是我戰友嗎？

蘇曉白嚇了一跳，連忙像隻兔子般，往旁邊的柱子縮去。

可是，別說尚宣之了，就連剛轉頭過來的男神都眼尖地發現了他的小尾巴。

凱哥乍見韓越現身的時候，也像其他記者一樣懵了，直覺是不是陸大總裁是不是後悔放人，所以派旗下最得力的幹將來踢館？可是很快又反應過來，都已經是鐵板釘釘的事，對方這麼做沒好處，只是敗壞自己的名聲。

他對尚宣之投去探詢的目光，尚宣之卻只是對他笑了笑，並沒有回應。

凱哥以為「其中必有緣故」，在還摸不清尚宣之這尊大佛的脾氣之前，也不敢深究，只好暫時按下疑惑，笑咪咪地請尚宣之先踏上紅地毯，進入飯店大廳已布置好的加盟記者會會場。

事實上，尚宣之也不知道為什麼陸總突然要韓越開車送他，本來吉星娛樂已經派了加長型禮車去接他，臨來前卻被截下。陸總讓人打發對方，還要求韓越親自送他過來。

雖然他和韓越同公司，但平時韓越和其他藝人並沒有什麼往來，跟他這位後生當然更不可能有交集。再者，以他對韓越這位冷漠寡言的前輩的了解，他是不可能答應的，不料陸總跟他耳語了幾句之後，他就一聲不吭地點頭了。

無論陸總是出於什麼目的，韓越又是基於什麼理由，宸宇在他正式轉投其他公司的時候祭出這樣的禮遇，就足以向媒體及眾人證明他不是因為被放棄而不得已跳

槽到名不見經傳的小公司，同時也是為他加盟新公司造勢。

能讓天王抬轎的，他還是第一人。

只是……這等於也是踩天王的臉面，難道陸總是想藉機壓一壓韓越的氣燄？

舉凡宸宇的員工，沒人不知道陸總和韓越經常對著幹。

可是，陸總何等精明，寧願窩裡鬥，也不可能鬥到檯面上來。

凱哥見尚宣之遲遲不動，有些奇怪，正想開口，卻見尚宣之忽然舉起手朝粉絲們的方向揮了好幾下，比先前只是點頭微笑熱情許多。凱哥順勢看過去，猛地看到自家的二愣子于向陽小朋友正對著這裡拚命揮手，差點一口氣喘不上來。

媽蛋！現在是讓你追星的時候嗎？你有沒有搞清楚狀況？有沒有搞清楚自己的身分？

凱哥在心裡把于向陽罵了一百遍，擔心記者被轉移焦點，立刻滑了一步，不著痕跡地用身體擋在尚宣之面前，笑容可掬地說道：「記者會快開始了，我們先進去吧！」

開玩笑！他也想推自家的藝人，但不是這種關鍵時刻啊！萬一惹惱了尚小風暴，萬一搶了尚小大神的風采，老子就先把你這個楞頭青連根拔起！

尚宣之卻是微笑地道：「不急。」說完，正想舉步朝于向陽行去，卻有人動作比他更快。

韓越邁開長腿，旁若無人地逕自往埋在粉絲群裡的于向陽走了過去。

粉絲們見韓天王突然向她們走來，直覺反應不是如狼似虎地撲上去求抱抱，而是被他冷冰冰的氣場所懾，紛紛自動退開，讓出了一條路。

縮在柱子後方的蘇曉白頓時淚流滿面，說好的遠遠繞著走呢？

神經之粗堪比神木的于向陽，眼中只有尚宣之，根本沒注意到四周的騷動，對迎面而來的韓越也是視若無睹，還一味地對尚宣之咧嘴揮手。

韓越來到于向陽面前站定，現場突然安靜下來，于向陽放下手，茫然地看著韓越。

「你……」

「不是找你。」

「哦。」

于向陽見韓越不動，納悶地又想開口，蘇曉白已經戰戰兢兢地舉起手自首了，「小陽，人家是來找我的，你忙你的。」

「哦。」于向陽應了一聲，然後越過韓越，歡快地朝尚宣之跑了過去。

蘇曉白望著于向陽向朝陽奔跑的背影，心中五味雜陳。

眾人也正眼神複雜地看著韓越，韓越卻是看著蘇曉白，而蘇曉白看東看西，看天看地，就是不敢看男神。他和男神有撇尿之仇毀鞋之恨，男神這是打算報仇來著？

韓越凝視著蘇曉白頭頂的兩個髮旋，據說單個髮旋的人占百分之八十五以上，兩個髮旋的人僅有百分之十，而兩個髮旋的人比較聰明，但他現在忍不住想，這種說法肯定是以訛傳訛，蘇曉白怎麼看都沒有那種機靈勁兒，相反的，還有些呆模呆樣。

「蘇曉白。」

「啊？」蘇曉白愣了一下，下意識地連忙立正站好，「是，我是蘇曉白。」

「……」不是有些呆，而是真的很呆。

蘇曉白用眼角餘光偷瞄男神一眼，見男神面無表情地看著他，連忙縮了回去。

「走吧。」沒有開場白，韓越撂下一句話，轉身就朝跑車走。

蘇曉白有些糾結，可又不敢違抗男神，只好耷拉著腦袋，跟了上去。

四周一片靜默，尚宣之斜睨著一前一後往車子這邊走來的兩人，眼神微縮。

原來這才是陸總的目的，這一招用得真是犀利！

尚未正式出道的蘇曉白，不可能像他一樣有經紀公司幫他舉辦盛大的簽約記者會造勢，就算勉強辦了，也不會有媒體為一個默默無名的小新人特意出席。

現在……記者們肯定已經在爭相追問蘇曉白是何許人也了。

自己還是太天真了，陸總什麼都吃，就是不吃虧，怎麼可能為他這顆棄子就動員底下的大將，讓天王抬轎的根本另有其人。

用最省的成本，獲取最大的利益。比起陸總，自己的道行果然太淺薄了。

不過，就算如此，他也絕不會讓一個新人踩在頭上，尤其還是看起來很笨的蘇曉白……他忍不住看向正對他笑得天真無邪的于向陽，嘴角微微抽了抽，這大概就是所謂的物以類聚吧！

看起來很笨，實際上可能真的很笨的蘇曉白，在眾人驚異的圍觀中，跟著韓越上了副駕駛座坐定，正要繫上安全帶，就見男神斜眼看著他，一副欲言又止的樣子。

他茫然地看了回去，對視好一會兒，韓越才問道：「你一向都這樣嗎？」

「啊？怎樣？」

「你知道我要帶你去哪裡嗎？」韓越答非所問。

「不知道。」蘇曉白一臉無辜。

「不知道你就敢上車？」

「我沒坐過超跑啊！」蘇曉白理直氣壯地答道。

「……」這是重點嗎？韓越又看了蘇曉白一眼，果然笨得不得了！

蘇曉白摸了摸自己的頭，男神似乎對他的頭頂很有興趣。

等車子出開一段路後，蘇曉白才突然想到什麼似的，開口問道：「對了，我們要去哪裡？」

「……」他越來越不懂為什麼陸競宸會想簽這個小新人了，「宸宇。」

「咦？難道你是特地來接我的？是陸總派你來的嗎？」蘇曉白瞪大眼睛，隨即樂了，「別人都說陸總是吸血不眨眼的資本家，喜歡壓榨員工，聽說員工生病了也不讓人家休息，還強迫人家要上班，沒想到他竟然會派車來接我，果然就像凱哥說的，不能隨便相信新聞。」

韓越忍不住又瞄了瞄蘇曉白，陸競宸到底為什麼要簽這個小傢伙呢？

蘇曉白說著說著，忽然對上了男神的電波，連忙閉上嘴，然後慢慢，慢慢地低下頭。

車子裡安靜了好一會兒，蘇曉白不安地挪了挪屁股，在男神面前說他老闆的壞話，不知道會不會被人道毀滅？凱哥常說，在這行說話要先在腦子裡過三遍，但是以他的智商來看，他最好過十遍。在生命財產受到威脅的此刻，他信了。

「其實，我的意思是……陸總是大好人來著。」蘇曉白心虛地補救著。

本來不是好人，簽了你，也被迫洗白了。

韓越專注地看著前方的路面，已經連眼角餘光都懶得給蘇曉白了。

男神一直不說話，氣氛很尷尬，蘇曉白小心翼翼地偷偷觀察男神的側臉，想著這是以後的同事，應該先燒燒這個大熱灶才對，於是張了幾次嘴之後，終於鼓起勇氣說道：「那個……我叫蘇曉白，曉是破曉的曉，請多多指教。」

說完，等了許久，才等來男神輕輕的一聲「嗯」。

狂霸跩酷帥！所謂男神當如是，就是……不怎麼親切可愛。

車子遇到紅燈停下來時，更尷尬了。

不得已，蘇曉白只好硬著頭皮寒暄道：「今天天氣不錯。」

太沒營養了，於是，男神連個「嗯」都沒吭。

真是太難相處了！蘇曉白有些洩氣。

韓越看了看蘇曉白頭頂的兩個髮旋，腹誹道：真笨！

只是沮喪了一下，當車子前行，再次遇到紅燈時，蘇曉白想起了兩人在廁所的「恩怨情仇」，當下握著兩個小拳頭，勇敢地道：「上次我不是故意的，對不起，我賠你鞋子！」

男神終於正眼看蘇曉白了，還淡淡地說了句：「二十八萬。」

然後……世界就太平了，男神也滿意了。

車子一路開到宸宇藝能的地下停車場，下車之後，負債多了二十八萬的蘇曉白，低著頭像鵪鶉一樣跟在韓越的後面走。搭電梯的時候，只敢拿頭頂的兩個髮旋對著男神，乖得讓男神興致忽起，破天荒來了句：「今天天氣不錯。」

蘇曉白驚了一下，僵硬地抬起頭，擠出比哭還難看的笑容來。

世界上怎麼會有男神這種可怕的分類呢？

幸好兩人的緣分馬上就要終結了。

幸好凡人跟男神是不同的物種，不會有交集，以後只要堅定貫徹繞著男神走就行了。

幸好……

「什麼？」蘇曉白驚恐地瞪圓眼睛，看著陸大BOSS，嘴巴張得都能塞下駝鳥蛋了，「陸總，您您您您您是開玩笑的吧？」

坐在辦公桌後面的陸競宸，雙腿交疊，兩手的手肘擱在椅子的扶手上，透過細框的金邊眼鏡，漠然地道：「我看起來像是會開玩笑的人嗎？」

呃……這話還真不好答。回答是，好像在說人家不正經；回答不是，好像在說人家沒幽默感。掙扎了一下，蘇曉白囁嚅地道：「我們還不太熟，所以……我對陸總還不是很了解。」

韓越涼涼地斜睨著蘇曉白，你剛才在車裡不是說陸總是吸血不眨眼的資本家嗎？這會兒怎麼又說不熟了？

「要讓不會游泳的人學會游泳，最快的方法就是將他推入水中。」陸競宸推了一下眼鏡，你的訓練課程上了那麼久，也沒見有什麼長進，可見是刺激和壓力不夠。如果你要想在短時間內成為一名合格的戰士，最好是直接上戰場。」

「……」讓還沒出新手村的人直接挑戰高級副本，會被秒殺吧？

實戰派的陸大BOSS繼續高談闊論道：「Evan的經紀人正好懷孕想安胎轉內勤，主動請辭Evan的經紀工作。Evan平時雖然任性了點，但也算是自律，一時少了經紀人沒關係，但是得有人幫他處理雜事，讓他能專注工作，所以接下來你上訓練課程之餘，就擔任Evan的助理。這也是給你磨練的機會，你好好跟著他，看看他是怎麼做的。」

「……」蘇曉白吞了一下口水，偷看男神的側臉，這是惡夢級的副本吧？

陸競宸從椅子上站了起來，繞到桌前，靠坐在桌沿，雙手插在褲兜，慢條斯理地說道：「蘇曉白，你應該聽說過這句話：想要在這行混，就要做到三件事，一是堅持，二是不要臉，三是堅持不要臉。我現在再給你一個忠告，想要做個稱職的助理，還要做到第四件事，那就是……堅持不要臉地笑。」

蘇曉白像個好學生似的點了點頭，雖然他沒想過要當藝人的助理，但是陸總在說「堅持不要臉地笑」這句話的時候，語氣既慎重又嚴謹，彷彿助理這行當是難度相當高的工作。

他不排斥當助理，尤其在陸總說能跟在男神身邊見習時，他更心動了……如果忽略那個二十八萬的話。

英文名字叫做Evan，中文名字叫做韓越的男神，微微皺眉，不知道陸競宸在打什麼主意。

「你還在學吧？」陸競宸問道。

「嗯，今年大三，暑假過後就升大四了。大四要修的學分少，只有一天半要去學校。」蘇曉白猶豫了一下，說道：「之前凱哥……哦，就是我以前的經紀人，他要我考慮暫時休學，專心上表演訓練的課，我……」

「把這個念頭給我打消。書得念完，至少要把文憑拿到，我的公司不收笨蛋。」

「……」真直接啊！

「我會讓人把演藝課程盡量跟你學校的課程錯開，至於Evan那裡……」陸競宸思索了一下，「你以後就住公司安排的宿舍，省得浪費往返的時間。」

蘇曉白點點頭，他以前也是住吉星的提供的員工宿舍，已經很習慣了。

然而，他放心得太快了，只聽陸競宸又說道：「既然讓你跟著Evan，那以後你就跟他住好了，等你可以獨當一面的時候，我再讓你給你另外安排其他地方。」

「不行！」韓越和蘇曉白異口同聲地叫道。

陸競宸推了推眼鏡，「不錯嘛，這麼快就有默契了，很好，看來我可以不用擔心了，就這麼愉快地定下來吧。」

愉快個屁！

「我不需要助理。」韓越緊皺眉頭。

「不需要？」陸競宸冷笑，「不要告訴我你不知道Tina為什麼不當經紀人，要不是你太會折騰，留下一堆爛攤子讓她收拾，一向好脾氣的她會哭著說不幹嗎？」

啥？陸總，您剛才不是說男神的經紀人是因為生孩子才辭去經紀人職務的嗎？那這個哭著說不幹的Tina是哪來的啊？

蘇曉白表情僵硬地看著陸競宸。

「我說了，我跟甄秀妮沒有任何關係，接吻的照片是記者利用借位拍的，而且那時候我們是在試戲，旁邊有劇組的人在，根本不是報導說的什麼約會。再說，我的眼光有那麼差嗎？就她，我還看不上眼。」韓越不快地解釋道。

你還不如不解釋呢！人家甄秀妮是前年金鐘獎迷你劇集的最佳女主角吧？在背後這樣貶低人家，真的沒問題嗎？

蘇曉白有些不自在地往角落挪了幾步。

「哼，誰在跟你說甄秀妮，那都幾個月前的事了，Tina說的是你背著她跟董令霜吃飯，還被雜誌記者拍到。為了說服對方不把照片刊登出來，她厚著臉皮去堵人家雜誌社老闆的老婆，想要曲線救國，結果還被對方羞辱嘲笑，你以為她是為了誰？」陸競宸冷冷地數落道。

「她根本可以不用去，我之前已經說過，就算照片曝光，對我也沒影響。」

「嗤！你少往自己臉上貼金，她可不是為了你，她是為了董令霜！」陸競宸嘲諷地道：「不要告訴我你不知道董令霜是誰？」

蘇曉白點點頭，知道知道，前年和去年的金鐘獎戲劇節目最佳女主角，演藝圈的御姊女神嘛！

「她是風擎的未婚妻，風擎是我們公司的台柱之一，你想爆出你招惹有夫之婦的緋聞嗎？宸宇的大將鬧出不倫之戀，這種醜聞能不攔嗎？」陸競宸冷冷地道：「你不在乎你的形象，但我在乎宸宇的形象。」

蘇曉白狠狠地嗆到了。

什麼？董女神已經名花有主了？還是那個有名的花花公子風擎的未婚妻？這麼勁爆的內幕，在我這個外人面前說，真的真的沒問題嗎？

「只是吃飯又不是上床，爆個屁！」韓越爆了句粗話。

「你敢吃飯，記者就敢寫成上床。」陸競宸哼了聲，「你以為記者是幹什麼吃的？」

蘇曉白忍不住點了點頭，記者這種生物是很凶殘的。

他記得吉星有個男前輩長期為失眠所苦，於是去看了精神科，結果隔天新聞一出來，把他寫成了神經病。還有個女前輩，聽說去婦產科看月經不調的問題，結果隔天報紙就用斗大的標題明晃晃寫著她去做人流手術。

「你說這麼多，跟我有沒有助理有什麼關係？」韓越略微不耐煩地問道。

「當然有關係，放個人在你身邊監視你，省得你下次被爆出誘姦未成年少女。」

蘇曉白噎了一下，我不能只打雜就好嗎？保護未成年少女什麼的，實在是太任重而道遠了。

也許是知道蘇曉白那小胳膊小短腿難堪大任，陸競宸對快要縮到角落去的蘇曉白說道：「我不要求你在Evan勾搭女人之前及時阻止他，但是最少要在他和女人滾到床上時，你死也要跟著爬上去，有種他就給我鬧出3P的醜聞來。」

「……」陸總，我們真的要玩這麼大嗎？蘇曉白頭皮繃緊，下意識地縮了一下屁股，這劇本實在太重口了，很難演下去啊！連他都想生孩子去了……

「King，你汙衊自己的員工很驕傲嗎？」韓越淡淡地道：「我對女人沒興趣，你不用激我。」

男神後面的那句話，讓蘇曉白的屁股縮得更緊了。

韓越瞄了蘇曉白一眼，「放心，我對你更沒興趣。」

「……」這麼說也讓人高興不起來。

「跟蘇令霜吃飯只是巧合，當時餐廳沒其他位置，她才來併桌，她的經紀人也在場。」韓越不愛浪費力氣跟人解釋自己的所作所為，但陸競宸的話確實讓他有些不悅，說得他很沒節操似的。雖然他確實不在乎有沒有節操，可是對於沒做過的事，他不喜歡隨便被扣帽子。

陸競宸的確是有意往大了說，一方面是給韓越敲個警鐘，一方面也是給蘇曉白打支預防針。當然，這其中也不乏為Tina抱不平。Tina可是他底下的模範員工，一向是任勞任怨，起得比雞早，睡得比狗晚，最後卻被韓越氣跑了，讓他一想到就來氣。

雖說韓越的作風強勢冷硬，不容易沾上桃花，但是架不住記者那枝筆那張嘴，吃飯都能寫成上床了，還有什麼寫不出來的，不然甄秀妮和董令霜是怎麼來的？

「總而言之，是真是假我都不在意，舉凡讓宸宇的招牌蒙塵的人，都要做好被抹煞的心理準備。」陸競宸重申，尤其是「抹煞」二字，隱隱帶了殺氣。

蘇曉白頭皮繃緊，這可能也是在警告他。

韓越倒是充耳不聞，眼神沒有任何情緒波動，似乎是很習慣這樣的針鋒相對了。

蘇曉白心想：BOSS和男神的世界，不是他這種凡人能摻和的。

陸競宸看向正在神遊的凡人，從抽屜裡翻出一張光碟，吩咐道：「這是Evan以前演過的一部電影，你去隔壁的小會議室看。我和Evan有事要談，一會兒再讓他帶你去宿舍熟悉環境。」

韓越又皺起了眉頭。

感受到男神身上散發出來的森森寒氣，蘇曉白立刻抱著光碟閃了出去。

男神委屈，他也很委屈啊，可他現在只是一介小光棍，沒本錢跟BOSS叫板，只能暫時避退，遠離戰場，免得受到波及。

事實上，蘇曉白從未認真看過韓越的戲劇作品，他看過他為各大時尚品牌拍攝的宣傳照片，也看過他在伸展台上的瀟灑風姿，卻是第一次認真看他主演的電影。

感覺很新奇，因為片中的韓越跟他本人完全不像，連一根髮絲都不像。

韓越憑藉著這部叫做《聽說》的懸疑片奪得去年金馬獎的最佳男主角獎。當時占據很大的新聞版面，除了讚揚，另有一大半是質疑的聲音。因為韓越太年輕了，戲齡不長，也因為其他入圍者實力不差，所以韓越獲獎時，褒貶不一。

韓越在片中飾演的是有多重人格的角色，談不上正派，也說不上壞，哭哭笑笑，喜怒無常。

最初，蘇曉白一直想將片中的男主角與男神的形象疊合，卻怎麼也對不上，然後他就慢慢被劇情吸引，跟著男主角一起搜尋線索解謎，等到最後謎底解開，發現男主角追尋的凶手竟然是就是他自己時，蘇曉白被震撼了。

不是被這種手法震撼，而是被最後一幕男主角回頭的那一眼震撼。

那種眼神是幾個人格都未出現過的，很清澈，也很深沉，還有種似是要滿溢出來的欲言又止，而那種欲言又止是所有人格的情緒慢慢堆疊出來的，讓看到的人腦海中會不由自主浮現出各種對話。

等到陸競宸和韓越過來找他時，他還有些回不過神來。

陸競宸隨意地問道：「看完了？有什麼心得體會？」

蘇曉白看向韓越，又看看螢幕裡的人，張了張嘴，一時不知道要怎麼回答，許久才憋出一句：「不像。」

「不像？」陸競宸挑眉。

「不像他。」蘇曉白指著韓越。

「不像就對了。」陸競宸意有所指地笑道。

在韓越開車載蘇曉白回宿舍的路上，蘇曉白頻頻偷看韓越，那模樣像在看動物園裡的貓熊似的，眼睛閃爍著新奇而激動的光芒，彷彿又重新認識了一回男神。

韓越面無表情地斜睨他一眼，心想：真的很笨！

第三章

師兄，想不想聊聊人生

蘇曉白被老東家「轉賣」到宸宇，自然是不能再住以前的宿舍，行李幾天前就已經打包好，等到確定新的住處之後，就能搬過去了。

前東家提供的宿舍是幾十年的舊公寓，三十來坪住四人，不大但也不算小。宸宇比吉星家大業大，宿舍肯定比以前的好，雖然早有心理準備，但是當他看到兩百多坪的歐式豪宅，另有空中花園時，他的眼睛就沒眨過，嘴巴就沒合上過，惹得韓越忍不住又多看了他幾眼。

他沒看過鄉巴佬，不過說的應該就是蘇曉白這樣的了。

這個「宿舍」完全按韓越的喜好裝潢，以黑白為基調，除了該有的家具之外，就沒多餘的東西。近五十坪的主臥室是韓越的地盤，不容他人侵犯，所以韓越直接把蘇曉白拎到十多坪大的客房，以略帶強硬的語氣說道：「以後你就睡這間，這裡只有這個空房間，如果你不滿意，自己去找King。」

滿意！當然滿意！

他不好意思說他以前的房間只有八坪不到，還得塞電腦塞冰箱。

韓越又帶他繞了一圈，看了堪稱五星級的廚房、浴室、吧檯、更衣間，以及特別設置的錄音室、舞蹈練習室、練唱室等等。

「再來說說我的規矩。」韓越拉過一把椅子反放，長腿跨過坐下，雙臂交疊在椅背上緣，不怎麼友善地說道：「我討厭吵鬧，討厭髒亂，討厭麻煩，更討厭別人打擾，所以只要是跟工作無關的事，就不准來煩我。我沒想到的事，你要先想到，我想到的事，你要先做好。遇到問題的時候，你自己解決。萬一解決不了，就去找King。」

「……」難怪你的經紀人想去生孩子……

「只要能做到我說的事，我可以沒有原則，如果做不好，那你會知道我的原則。」韓越說罷，踢開椅子，站了起來，「好了，有問題嗎？」

「……沒有。」就算有，也不能說。

韓越交代完他的「同居禁忌守則」，就鑽進錄音室沒再出來。

蘇曉白摸摸鼻子，距離晚餐還有一點時間，他決定回以前的宿舍把行李搬過來。

不得不說，陸總真的很大方，配了兩臺車給韓越，當然，不包括他看到的那臺夢幻超跑。原來那是陸總收藏的車，只是借韓越開出去造造聲勢罷了。不過，就算是比不上Silver Huayra那種頂級超跑，配給韓越的也還是名貴的進口轎車就是了。

而身為韓越的助理，在韓越不用車時，蘇曉白便能自由使用。

他想了想，決定先回以前的宿舍把行李搬過來，便搭電梯下樓到車庫選了銀色賓士開了出去。其實他去年才拿到駕照，也只開過國產車，雖然不是超跑，但賓士就夠讓他膽戰心驚了，幸好他以龜速安然地回到舊宿舍。

室友不在，讓他鬆了一口氣，省得解釋賓士哪裡來的。

把東西都搬上後車廂後，他沒有馬上開車，而是坐在駕駛座上發呆。

在這裡住了三年，突然要搬走，還是很捨不得。雖然房間非常簡陋，可是金窩銀窩不如自己的狗窩，現在他要搬到金窩去，就開始對狗窩難分難捨起來。

在這行載浮載沉那麼久，無論遇到什麼挫折或難堪，回到自己的狗窩，埋在棉被裡偷哭一場，隔天又是一條好漢。

搬到金窩去，他心裡反而有些不踏實，覺得缺少安全感。

手機鈴聲忽然響起，蘇曉白回過神，螢幕上的電話號碼沒見過，猶豫了一下，還是接了起來：「喂？我是蘇曉白，哪位？」

「蘇曉白，你好大的膽子，竟敢那麼久才接電話。」

蘇曉白還在想電話那頭的人是誰，對方只說了這麼一句就掛斷。在他還一頭霧水時，鈴聲又響了起來，還是剛才那個號碼，他連忙按下通話鍵：「喂喂喂！」

「記住，以後我打的電話，五秒之內必須接起來。」

「……哦。」這個男神真是任性又霸道，跟螢光幕上那個男神不太一樣。

「你現在在哪裡？」

在蘇曉白回答之前，韓越又道：「不管你在哪裡，限你十分鐘內回來。」

「太遠了，十分鐘趕不到。」蘇曉白老實答道。

「十五分鐘。」

「十五分鐘很困難。」

「……二十分鐘。」

「二十分鐘也……」

「蘇曉白！」手機那頭傳來低吼聲。

蘇曉白嚇了一跳，連忙說道：「半小時，半小時內一定到。」

啪！掛斷電話的聲音讓他的心猛地跳了一下。

男神應該不會家暴吧？

發動引擎，蘇曉白忐忑不安地撥了手機給陸總。

他只記得存陸總的手機號碼，卻忘了要存男神的。

手機那頭一有人接聽，他就急忙說道：「陸總，我惹惱男……韓越了，怎麼辦？」

啪！

蘇曉白愣了一下，隨即難以置信地瞪著手機，陸總竟然在這種非常時刻掛他電話？

無奈之餘，他只得一路提心吊膽地開車回金窩去，一打開門，就見韓越正板著臉看著他。

他看向手錶，二十九分半，幸好趕上了。

韓越的視線掃向蘇曉白兩手拎著的大包小包、腳邊放著的大箱小箱，再移向他因為快跑而略紅的臉頰、額邊沁出的汗珠，最後落到他一邊喘氣還一邊擠出的笑容上，久久沒有說話。

蘇曉白被打量得莫名其妙，他以為男神會吼他會擺臉色給他看，結果男神什麼也沒說，只是面無表情地看著他，看得他有些想落荒而逃。

正在他想開口詢問時，男神忽然從沙發椅上站起來，轉身朝他自己的臥室方向走去，一邊走一邊道：「林嬸等一下會過來，家事具體要做什麼，你自己問她，另外再告訴她，晚餐幫我準備牛小排。」

林嬸是陸競宸讓人安排的鐘點管家，長期定時或不定時過來打理各項內務，包括打掃、做飯等等。今天離開宸宇時，陸競宸有囑咐過蘇曉白，讓他跟著韓越回到「宿舍」後，先跟林嬸聯絡，了解分工。

蘇曉白雖是助理，但不是清潔工，陸競宸希望他把精力用在正事上，而非耗在雜務上。

聽到男神提起林嬸，蘇曉白猛地拍了自己的額頭一下，他竟然忘了這事。

連忙掏出手機打給林嬸，原來林嬸已經等他大半天了，急得不得了。每次過來前，她都會先打電話通知，今天陸總告訴她有位新來的助理會跟她聯絡，結果等到都快沒時間過去做飯了，她的手機還是沒響過。不得已，她只好打電話過來。

蘇曉白終於知道男神為什麼會發脾氣，應該是打擾到男神，踩到他的地雷區了。

於是，東西還沒放下，他便趕緊找出林嬸的電話回撥。

確認完各種瑣事，才把行李搬進房間。剛組裝好電腦，林嬸就來了。

直到晚餐做好，兩人上了餐桌，蘇曉白才真正鬆了一口氣。擔任助理什麼的，他是大姑娘上花轎，頭一遭。以前只要把自己的事做好，現在還要負責男神的事，壓力突然倍增。

韓越旁若無人地用餐，無論是咀嚼或端著酒杯啜飲紅酒，姿勢都很優雅，刀叉也用得極其熟練，讓他不由得想起林嬸說的，韓少比較喜歡吃西餐。

很少吃西餐的蘇曉白，一邊彆扭地用刀叉戳牛小排，一邊神遊，連韓越何時吃完離開都不知道，當然也就沒注意到韓越離桌前看他的那一眼。

晚餐結束之後，兩人再沒交集，韓越只在錄音室、主臥室兩點一線移動，連個眼角餘光都沒給過蘇曉白，彷彿這裡沒有別人。蘇曉白也不敢打擾他，反正最近半個月男神都沒通告，暫時不需要跟他確認什麼事。

洗完澡，把行李都歸置妥當，蘇曉白就習慣性地坐到電腦前，登入「我是天天向上的蘇曉白」FB粉絲專頁，準備例行性地發裝逼的日常動態。

誰知道剛登入，就被忽然爆增的訪客留言嚇了一跳，而且很多留言都是截圖或轉貼新聞，標題多半是「娛樂圈大亨捨陽光小風暴，無名小鮮肉上位」，另外還有什麼「陽光小風暴過氣」、「新人打臉當紅炸子雞」、「驚爆！神祕新人大揭祕」、「陽光小風暴人氣不再」等等。

然後就是香粉大軍入侵，為自家偶像各種抱不平、各種嘲諷、各種踩臉，還有

各種他沒見過的髒話，讓蘇曉白目瞪口呆，幾乎要嚇破了心肝脾肺腎，連膀胱也快失守。

左上角顯示的說讚人數迅速破萬，跟上次粉絲數大增的狀況一樣，湊熱鬧圍觀的居多。

蘇曉白戰戰兢兢地瀏覽通知訊息，這次尚宣之沒動靜，沒像上次一樣圈他，也沒針對這件事有任何回應，他一時間不知道是該擔心還是該安心。

對著電腦螢幕乾瞪眼許久，蘇曉白深吸了一口氣，在塗鴉牆上寫道：「謝謝大家的指教。」後面發了個裝逼的笑臉符號，接著就火速登出斷網。

這是他入行以來遇到的最大危機，才剛跳到新公司，報到第一天就捅出這麼大的婁子。

猶豫了一下，他還是拿起手機主動自首，結果陸總連接都沒接，只響了兩聲，就直接掐斷。他忍不住想，說不定陸總此刻更想掐斷他的頭。

蘇曉白摸了摸脖子，陸總早已放話，影響公司聲譽的人，都要被人道毀滅。

他卻是不知道，陸競宸半點都沒將這事放在心上，早在派韓越去接人時，他就預料到會有什麼後果，記者捕風捉影，唯恐天下不亂的種種臆測，正好幫蘇曉白搞出了些知名度。新人要捏造些新聞點出來不難，但媒體願不願意跟著起舞又是另一回事。

原本不用為新人費什麼心思，但是一看到韓越，就莫名讓他來了這麼一手。

那天在廁所聽到韓越給蘇曉白的忠告之後，他就對韓越與這個小新人之間的關係開始有些興趣。若不是在意，對旁人一向冷淡，行事一向獨斷的韓越，怎麼會善心大發，提點人家？

雖然在面對他的旁敲側擊時，韓越直接否認，但他根本不信，這也是他把蘇曉白安排到韓越身邊的原因。把兩人暫時捆在一起，看看能不能捆出什麼火花來。

看到陸競宸露出意味深長的笑容，姚安娜忍不住打了個哆嗦，看來陸大魔頭又要算計人了。

「咳咳，陸總，韓越的工作行程表和所有商演邀約的資料檔案，全存在這個隨身碟裡。醫生說我只是過度勞累，動了胎氣，休息一陣子就好了。」姚安娜說著，苦笑了一下，「謝謝陸總同意我轉內勤，我跟我丈夫結婚這麼多久，本來都快放棄了，好不容易懷孕，我們都很重視這胎。」

陸競宸大方地道：「妳這幾年為公司勞心勞力，是幕後大功成，現在也算是功成身退。我已經讓財務部根據妳的年資另外撥了筆獎金給妳，就當是安胎費，以後妳儘管在企宣部效力。」

姚安娜感激地點頭，隨後又不安地道：「越哥那邊……騙他我是因為董令霜的事才辭職，是不是……萬一被他發現，讓他和陸總你有了嫌隙……」

雖然她的年紀比韓越大了一輪有餘，但她還是像其他同事一樣客氣地喚他一聲越哥。這聲哥，喚的是他的名氣地位，而不是輩分。不過，韓越也沒托大，平時都叫她Tina姊。

陸競宸擺擺手打斷她的話，「放心，以他的精明，他大概也知道妳要走不是因為那件事。我在他面前那麼說，只是不想讓他過得太順風順水，以為全天下的人都該圍著他打轉。該敲打就要敲打，省得他尾巴翹上了天。」

姚安娜心道：韓越那性格有時硬得像石頭，恐怕你敲出一朵花來，他都不痛不癢！

「對了，Tina，我幫Evan安排了一個助理，交接的這段期間，我讓他有事就找妳。妳有時間的話，就幫著提點他，他叫做蘇……」

「蘇曉白是吧？」姚安娜掩嘴偷笑，公司來了新人不是大事，但這個新人剛來就掀翻之前公司力捧的人氣偶像尚宣之，踩著韓天王上位，讓人想不注目都很難，尤其這個新人還不像外傳的有什麼深厚的背景，或是爬陸總的……咳，抱陸總的大腿，「陸總放心，我會努力幫他盡快熟悉越哥的習慣。」

就在這時，陸競宸的手機又響了，他只瞄了來電顯示一眼，就像剛才一樣直接掐斷。

好不容易鼓起勇氣再打一次電話，沒想到還是被拒絕，蘇曉白沒勇氣再撥了。再多打一次，說不定陸總接下來會想打爆他的頭。

抱著枕頭在床上滾來滾去，手機的簡訊提示音突然響起。他漫不經心地隨手點開，只看了一眼就猛地跳了起來。這個手機號碼是陌生的，但簡訊內容末尾的署名卻一點都不陌生。

『蘇曉白，你死定了！尚宣之。』

看著螢幕上的簡訊，蘇曉白大大地吐出了一口氣。

知道尚宣之的心裡還是這麼陰暗，他就放心了。

而心裡陰暗的尚宣之剛發完簡訊，抬起頭就對上于向陽的笑容。

「尚宣之，謝謝你傳簡訊鼓勵曉白，他一定能很快振作起來。」于向陽愉快地說道：「幸好你們是好朋友，要不然新聞亂寫一通，曉白就該難過了。」

尚宣之默默地道：有你這麼一個單純又天真的朋友，他確實是該難過。

不過，蘇曉白現在沒空難過，他正擠破頭想著應該要怎麼解決眼前這個難題。

掙扎了幾年，好不容易說服自己，認真看待藝人這個工作，他不甘心在還沒正式起飛之前就這麼放棄。也許曾經有過想退出的念頭，反正他還年輕，還有時間轉向，可是不知從何時開始，無論是唱歌或演戲，甚至是主持也好，他都想要試著努力看看。

以前還能跟凱哥商量，現在……

時間一分一秒地過去，蘇曉白躺在床上看著天花板發呆，忽然靈光一閃，想起了某人。

看看手錶，某人應該還沒睡，可某人說他討厭麻煩，討厭被打擾……

身體比腦子行動更迅速的蘇曉白，還在糾結的時候，人已經站在韓越的臥室門口了，只是舉起的手怎麼也沒辦法往門板敲下去。就怕這一敲，男神直接讓他爆漿，但是讓他就這麼回房，他又不情願。

不知道為什麼，他總覺得男神應該有辦法。

畢竟男神也是神嘛！

來來回回走了幾趟，蘇曉白拚命給自己打氣，好不容易決定英勇就義，門砰地被人打開。

韓越無預警地出現在門口，板著的臉還是那麼英俊……哦，不是，是那麼的嚇人。

蘇曉白滿肚子的話，被噎了回去，腦子瞬間空白。

「你最好有很好的理由。」韓越淡淡地道。

蘇曉白反應過來，連忙一股腦兒說道：「我有個很嚴重的問題想要請教前輩，這個問題可能會決定我的人生方向。我的人生方向看起來跟前輩無關，實際上，有著很深很深的關係。既然現在我是前輩的助理，那我的一舉一動都會影響到前輩的形象，如果我不好了，前輩也會跟著不好，甚至影響到公司。陸總說過，若是砸了公司的招牌，就要……」

「說重點。」

蘇曉白一急，大叫一句：「我不想被公司開除！」

「……這是重點嗎？」韓越擰眉。

「呃……這是後面的重點，前面的重點有些長。」

「那就長話短說。」

「一言難盡。」

韓越不止擰眉，已經想擰某人的頭了。

「前輩……」

「誰是你前輩？」

「……師兄，不如我們去客廳坐坐，喝咖啡聊是非……咳，我是說，聊聊我的重點。」

韓越面無表情地盯著蘇曉白，盯得蘇曉白的頭越垂越低，低到幾乎快貼上胸膛，然後蘇曉白就看到男神的兩條長腿往客廳移去。

蘇曉白偷偷比了個剪刀手的動作，差點樂得跳起來。

沒想到男神喝完蘇曉白狗腿泡來的咖啡，聽完蘇曉白委委屈屈的是非，什麼建議、意見都沒給，只是優雅地站起身，平板地撂下一句：「你是白痴嗎？」說完，逕自轉身回房去了。

蘇曉白愣愣地看著男神的背影，好一會兒才咕噥道：「我才不是白痴……」

沒得到男神的「開示」，忐忑一整晚沒睡好的蘇曉白，隔天頂著一對熊貓眼進公司。

男神沒工作窩在家，不用他伺候，但他得上公司安排的培訓課程。因為他是還未正式出道的新人，又剛加入宸宇，所以目前沒有配經紀人，陸總倒是安排了一個人帶他。

蘇曉白抱著一堆課程表和各種注意事項來到企宣部門，正想找人，已經有個短髮，看起來三十多歲的女人笑著朝他迎了上來，「蘇曉白是吧？我是姚安娜，你可以叫我Tina姊。」

正想開口喊人，聽到對方最後一句話，蘇曉白手一滑，懷中的文件夾差點掉落一地。

這個什麼姊，如雷貫耳啊，不就是那個被男神氣到跑去生孩子的經紀人嗎？

蘇曉白趕緊收斂情緒，畢恭畢敬地道：「Tina姊好。」

姚安娜感嘆：「還是新人好，乖巧又聽話，不像某些人……」見蘇曉白好奇地眨著大眼睛等待下文，立刻轉移話題：「來，跟姊走，姊好好與你聊聊人生，免得你的價值觀被某些不正常的人類帶歪。」

「……」這話怎麼好像意有所指？

接下來的一個小時裡，姚安娜跟蘇曉白嘮嗑起了某男神的傲嬌人生。

比如某男神很傲氣，若不是他看在眼裡的人，他連個眼神都不會給。比如某男神很嬌氣，吃穿用都很講究，稍不如意便會鬧彆扭。又比如某男神既傲氣且嬌氣，不認識他的人，會以為他是冷硬派，實際上，跟他稍有交情的人都知道，他就是個大悶騷。

姚安娜說得活靈活現，蘇曉白聽得大感新鮮。

末了，姚安娜喝了一口茶，問道：「曉白啊，姊說了這麼多，你知道姊想表達什麼嗎？」

「當然。」蘇曉白正色道：「Tina姊是想說，韓師兄表裡不一。」

「……」姚安娜訕訕地抿了抿唇，「也不算錯啦！姊只是想告訴你，在外人面前，他是高不可攀的天王，但跟在他身邊的你卻不能這麼想。想要做好助理的工作，首先，你要把他當人看。」

「這個Tina姊請放心，從昨天晚上韓師兄罵我白痴開始，我就不把他當神看了。」

「……那就好。」怎麼忽然放不下心了呢？

姚安娜又說了些韓越平時的生活習慣，接著話鋒陡然一轉，問道：「曉白，你為什麼想進入演藝圈？你的目標是什麼？」是像很多人一樣，看中這行的光鮮亮麗？還是為了名和利？

蘇曉白被問得語塞，星探挖掘他時，他其實沒想那麼多，只是剛好當時不知道未來要做什麼，剛好有人遞來橄欖枝，他就順勢接下了。後來的訓練課程讓他覺得很有趣，雖然跳舞總是同手同腳，雖然唱歌容易走音，雖然遲遲抓不到演戲的訣竅，但他始終堅持不懈。

他喜歡有事做的感覺，即使他的表現不是那麼出色。

想了想，蘇曉白老實地搖頭，「我不知道，我只是想要把這份工作做好。」

姚安娜理解地點點頭，倒沒什麼失望之色，反而還語重心長地說道：「理由並不重要，但是你必須要給自己設定一個目標。有目標，才會有企圖心。有企圖心，才不會輕易被人刷下去。」說到這裡，停頓了一下，似乎是在思索應該怎麼說，「要進入演藝圈不難，但要留在這個圈子裡很難。留下來的人未必是強者，卻都是有所堅持的人，而能堅持下去的人，都是有企圖心的。」

蘇曉白一邊聆聽著對方話裡的深意，一邊反省著自己過往的心態。

姚安娜繼續說道：「娛樂圈是一種很現實也很虛幻的產業，只要你有一點餘熱，就能發光發亮。問題在於，你能不能找到自己的價值，將它發揮到極致。在這個圈子裡，你不必做人上人，卻一定要有別人不能取代的價值。」

蘇曉白耷拉著腦袋，有些沮喪。

姚安娜摸了摸他的頭，嗯，軟軟的，很舒服。

「如果你在短時間內不能確定目標，那就先在心中樹立一個假想敵，把他當成你的對手。一個厲害的敵人，能夠激發出你的實力，誘發出你的企圖心，也能讓你在無形中去征服或吸引專屬於你的粉絲。」姚安娜諄諄善誘道：「你的粉絲群有多大，你就能創造多大的夢想。不能帶給觀眾夢想，你就沒必要在娛樂圈存留。」

以前從來沒人跟他說過這些事，蘇曉白一時聽住了。

不過，姚安娜沒再繼續高談闊論，轉而又道：「在你正式出道之前，公司不會配經紀人給你，你跟著韓越的期間，暫時由我來帶你，你的培訓課程也由我來安排。一開始，所有的基礎課程你都要上，我會視你的情況做調整，如果你有什麼想法，也可以跟我商量。」

蘇曉白乖巧地點頭。

姚安娜一隻手撐著下巴，笑吟吟地道：「其實你很幸運，能讓陸總把你安排到韓越身邊。能在最近的距離看到他怎麼應付各種工作，對新人而言，這種偷師的機會是可遇不可求的。」

「Tina姊，韓師兄的等級太高了，我學不來。」

姚安娜輕輕拍了一下蘇曉白的腦袋瓜兒，故意板起臉說道：「如果你這麼想，那麼你永遠別想在這個圈子裡出人頭地。在你眼裡，你韓師兄的地位遙不可及，卻不知道比他厲害的人多太多了。每個藝人都有他獨特的價值，拿自己的短處去比別人的長處，那是蠢人才會做的事。」

姚安娜頓了頓，又道：「你啊，把你韓師兄當南瓜看就對了，反正他也常這麼幹。把他當南瓜看，你就會發現，他很多地方都比一般人還不如。」

蘇曉白若有所思地點點頭。

姚安娜眼珠子轉了轉，突然壓低聲音說道：「偷偷告訴你，你韓師兄是生活白痴，他連洗衣機、微波爐都不會用呢！」

「我也不會用微波爐……」蘇曉白囁嚅。

「……那你跟林嬸學學吧，萬一哪天你們兩人半夜想吃東西，才不會餓肚子。」

姚安娜和蘇曉白交流完「那些關於男神不得不說的事」之後，就帶他到幾個部門兜兜轉轉，告知大家有新血加入，接著領著他去跟宸宇旗下各項課程的老師請安問好。

拜完碼頭，蘇曉白就被姚安娜趕回去，「你已經是韓越的助理，除了你自己的訓練課程之外，凡事應該以他為重。事有輕重緩急，不可本末倒置，除非是他發話，否則你平常對他要主動些，多跟他培養感情對你有好處。」想利用他時，才好下手。

蘇曉白一上午塞了太多訊息在腦子裡，懵裡懵懂地回到住處，就看到男神窩在客廳的沙發上看劇本。那修長的腿、那有力的臂膀、那結實的胸膛、那俊挺的五官……

這顆南瓜，可能是全世界獨一無二的南瓜吧！

窩在沙發上的南瓜始終沒搭理蘇曉白，蘇曉白默默地幫南瓜泡了杯咖啡，默默地在旁邊坐下，掏出從公司帶回來的資料，做起自己的功課來。

男神受邀參加十月上旬的巴黎時裝週，為某知名國際品牌服飾走秀，在此之前的兩個月，沒有其他大型商演邀約。蘇曉白抱著男神過去的行程表研究，發現男神雖然貴為天王，工作卻沒有想像中的滿檔。

男神很少單獨接受媒體訪問，通常是配合宣傳才會跟著受訪，而且平時也不參加綜藝節目，所以很少在螢光幕上露臉。

男神去海外工作時，公司會派專門的經紀人跟著打理各項事務，他只需要負責打理男神在台灣時的各項瑣事，敲通告、與媒體的交際應酬等等，都不必他出馬，公司的企宣部和公關部會處理。

他這個助理，真的就只是個名副其實的打雜助理。

這讓他小小鬆了口氣，畢竟他的精力得用在充實自己上面。

兩人就這麼無言地窩到林嬸來做中餐。用完中餐，韓越就又鑽進錄音室，不知道在忙什麼。

蘇曉白忽然覺得，當男神的助理挺好的，男神大半時間都不需要他，他可以做自己的事。

擔心昨晚的事越鬧越大，正猶豫著要不要上線刷FB時，姚安娜忽然來了電話。

「曉白，有個談話性的節目臨時需要一個新人，我認識那個節目的製作人，就推薦你去上。你現在立刻來公司一趟，我讓化妝師幫你梳化做造型。」

蘇曉白嚇了一跳，結結巴巴地問道：「我我我我我……我行嗎？我什麼都不會……」

「不用擔心，只是讓你去錄那個節目的其中一個單元，單元名稱叫做『星電感應』，找來一批演藝新秀聊聊自己的星夢。整個單元只有十五分鐘，特別來賓有十個人，扣掉主持人的開場白和串場，每個人發言的時間不到一分鐘。今天是因為其中有個人重感冒，沒辦法參加，才讓你白撿到這個機會。就算是當啞巴也好，至少多一次曝光的機會。」

這就是加入大公司的好處了，雖然姚安娜說得輕描淡寫，但如果是在以前的公司，這種當啞巴的通告也不可能落到他頭上。

蘇曉白留了張紙條給韓越，就匆匆忙忙朝公司奔去了。

事實上，就像蘇曉白所想的，即使是當啞巴的通告也很難得。

很多人擠破頭想進入演藝圈，但更多的人在出道前就因為苦無機會出頭而在門前止步。

像蘇曉白這樣號稱新秀的人不知凡幾，而且可能直到放棄都未曾在螢光幕前露過臉，所以要爭取曝光是很困難的。

除非有話題點，有新聞點。

而蘇曉白就有新聞點。

昨晚網路上熱烈討論的神祕新人打臉當紅偶像事件，讓姚安娜認識的那個節目製作人一口答應讓蘇曉白替補上陣。

製作人當然沒打算更改節目原本的內容去捧一個還不知道未來在哪裡的新人，但不妨礙他找這樣的人來撐場。只是，他也聰明地不去談論這個話題，既不得罪宸宇，又能留給觀眾遐想。

蘇曉白全然沒把這個通告跟昨晚的新聞聯想在一起，到了攝影棚之後，就很安心地當起微笑的啞巴。

見到工作人員就禮貌地微笑，見到一起錄影的其他新人就溫和地微笑，當鏡頭掃向他時，那微笑就更熱情了。只是中場休息的時候，乍然聽到身邊有其他來賓竊竊私語提到他和尚宣之的名字時，他的笑容有瞬間的僵硬，很快就又恢復自然。

腦海中不期然浮現韓越初次見面對他說的話：「面對惡意的嘲諷時，如果你還能微笑，那麼，總有一天，你就能夠超越那些煩人的噪音，站上這世界的頂端。」

壓下心中的不自在，蘇曉白鼓起勇氣，轉身對那兩個在背後指指點點的人露出大方的笑容。

結果那兩人尷尬地報以一笑，然後掩面敗退。

蘇曉白有些小得意，卻也因為這個插曲才猛然意識到他和尚宣之的風波還未平息，他就不知死活跑來上節目，不知道主持人會不會突然神來一筆，問他這事的緣起。

所幸直到這個單元的尾聲，他都能好好地扮演微笑的啞巴，除了一開始的自我介紹之外，都沒有被主持人點到名。不過，他還是有偷偷數過，鏡頭帶到他的次數有八次之多，這讓他極是滿意。

雖然特別來賓有十個人，但主持人並非「無差別攻擊」，而是將焦點對準了其中三個已經拍過戲而小有名氣的新秀身上，剩下的人都只是陪太子讀書。

最後，主持人可能是「良心發現」，想要給大家露臉的機會，便讓每個人分別對著鏡頭說出自己想要打敗的對象，而且還別出心裁地要求大家必須用很「殺」的表情和口吻嗆聲。

蘇曉白愣了一下，直覺地想起姚安娜的那番「假想敵」理論。

他還沒好好深思過這個問題，正在思考的時候，前面九位來賓已經很快回答完，點名的也都是幾個名氣頗大的藝人。輪到蘇曉白，節目製作人的視線也移了過來。這道題是他臨時安插進來的，他想看看這個小新人會答誰。

照理來說，這個小新人的答案應該是尚宣之。

這樣節目結束後，他們又有話題可以炒了。既不必模糊節目焦點，又能拿特別來賓的事來做文章，宣傳自己的節目，一舉兩得。

蘇曉白很緊張，哪裡想得到製作人心裡的彎彎繞繞。

他只記得姚安娜說過的，厲害的對手能夠激發自己的潛能，被他認定心理陰暗，應該去看精神科的陽光小風暴，根本不在「厲害」的範圍內，此時此刻，他的腦海中自然而然跳出某人罵他白痴的身影。

於是，他從椅子上站起來，收斂起笑容，舉起手，對著鏡頭比手槍的動作，然後瞇起眼，架勢十足地放狠話：「韓越，總有一天我會打敗你的，把脖子洗乾淨等著吧！」說完，做了個扣扳機的動作。

節目是直播的，電視前面正在觀看的三個人，這時都因為蘇曉白所下的戰書而

定住。

姚安娜眨了眨眼，這是哪裡來的活寶？

與姚安娜在會議室看蘇曉白表現的陸競宸，挑了挑眉，嘴角不著痕跡地微微揚起。

而被陸競宸從錄音室叫到客廳看電視的韓越，看著畫面中睜著濕潤無辜的大眼睛，刻意虛張聲勢撂狠話的蘇曉白，冷冷地說了句：「白痴！」

蘇曉白沒想過自己的「英姿」被公司的人看到的後果，事實上，他以為這只是個小節目，別人應該不會注意，所以他並不擔心，反而很滿意自己的表現。

把高端大氣上檔次的男神當成敵人，應該能夠讓他爆發更多的潛力吧？

錄完影，蘇曉白就直接開車回去。這是他入行以來第一次正式接到的通告，雖然本來不是發給他的，但他還是很興奮，很想跟人分享這種成就感。

然而，回到住處一打開門，就見某顆南瓜幽幽的視線飄了過來。

蘇曉白腦子裡一群正在跳hip-hop的小小白們瞬間蔫掉，成就感什麼的，也被他拋到九霄雲外去了，因為他忽然意識到，如果男神知道他在一個小時前在螢光幕前對他宣戰，也許會真的把他丟到九霄雲外。男神……應該沒看到吧？

韓越沒說話，只是平靜地看著蘇曉白越垂越低的腦袋瓜兒，連他頭頂的兩個髮旋好像也透出萎靡的氣息來。

良久，蘇曉白才聽到男神「嗤」了一聲，然後起身回臥室去了。

蘇曉白莫名其妙，不知道男神到底怎麼了，念頭一轉，想起Tina姊說男神是傲嬌的悶騷，便覺得男神大概是嬌氣發作，才會有這種古怪的行徑。這麼一想，他腦子裡的小小白們又開始跳起hip-hop了。

哼著小曲兒回房間，習慣性地開電腦登入FB。

誰知不看還好，這一看，滿腦子的小小白這次不是蔫掉，而是全都嚇尿了。

進擊的香粉還沒解決，越女的刀劍就開始亂舞。

蘇曉白萬萬沒想到，他才剛對男神下戰帖，半天都還沒過去，男神那票自稱「越女」的粉絲們就聞風而來，截錄並上傳他那段宣戰的視頻，然後開始輪番對他砲轟。

罵得好聽點的，說他不自量力，罵得難聽點的，直接問候他家「祖宗」一千八百代。

香粉見助陣的來了，也不管蘇曉白又幹了什麼驚天動地的蠢事，雙方合流，加入罵戰。

看著被各種「問候」刷得亂七八糟的畫面，他的感覺就像抽獎抽到了一支最新型的蘋果手機，結果收到手機之後打開一看，卻發現手機背面的蘋果沒有被咬一口。

蘇曉白已經沒勇氣在塗鴉牆上發布裝逼的動態，而且他現在一點都不想裝逼，只覺得很苦逼。更苦逼的是，他又收到了尚宣之發來的簡訊。

『蘇曉白，加油！』

這個加油，當然不是字面上的意思，而是鼓勵他繼續努力作死。

再看一眼群魔橫行的畫面，他果斷地關機下線，拿起手機撥了個號碼。

陸競宸只瞄了來電提示燈閃個不停的手機一眼，就慢條斯理地端起一旁的熱咖啡啜飲，連手機鈴聲都置若罔聞。

坐在他對面的姚安娜笑道：「要讓公關部出手嗎？」

宸宇藝能的公關部有個不為外界所知的危機處理小組，擅長處理各種抹黑、攻訐事件，必要時，還能以牙還牙，以眼還眼。尤其是在對付網軍惡意的人身攻擊時，反擊絲毫不手軟。當然，不是用宸宇的名義。

比起隱藏在電腦後面的網民，玩匿名什麼的，有雄厚財力支撐的危機處理小組才是專家。

僅是仰賴藝人自律，宸宇不可能有今時今日的好名聲。非常時刻用非常手段，這是陸競宸的一貫作風。

陸競宸悠然地說道：「不是什麼值得大驚小怪的事，不必公關部出面。何況，對蘇曉白而言，雖然這不是正面的宣傳，卻能讓他在短時間內竄出頭。他的性格太溫吞，不適合走標準流程。再說……」

他想看看Evan會有什麼反應。

姚安娜等了好一會兒，見陸總沒再往下說，就知道他應該是在籌謀什麼，不好再追問。

其實她也不是很擔心蘇曉白，在娛樂圈打滾多年，網民的幾句閒言閒語還真的不算什麼。

等不到陸總的隻字片語，蘇曉白又哭喪著臉去男神的臥室門前站崗了。

可是，這次的風波源自於他作死地挑釁男神，雖然他的本意是抬高男神，把他當奮鬥的目標，但看在粉絲眼裡卻是不知天高地厚的小新人妄想屠神證道。

更憋屈的是，他現在能求的人只有他想打臉的男神。

蘇曉白坐在韓越的門板旁發呆，錄完影的興奮勁頭已經全部消失殆盡，冷靜下來細思，他才隱隱約約察覺出節目製作人的深意。

主持人最後提問的問題和要求，就是個明晃晃的陷阱，他還傻傻地自投羅網。世上沒有無緣無故的好處，別人給你多少，就會連本帶利從你身上討回更多。尤其是在先敬羅衣後敬人的娛樂圈中，利益才是最真實的。

可悲的是，即使他這次被算計了，下次只要那個節目的製作人再發通告，他還是會接。他沒有足夠的本錢，也沒有足夠的實力拒絕，而且確實也是他自己不夠機靈，才會照著人家寫好的劇本走。

「不要擋路。」男神不知何時推開門出來，淡淡地說了一句，然後也沒看蘇曉白，逕自往客廳旁邊的吧檯走去。

蘇曉白連忙站起身，下意識想往一邊挪，忽然想到自己坐的位置不在門板前，根本沒擋到路。不過這時哪管那麼多，他連忙像個小尾巴似的跟了過去。

韓越依舊對蘇曉白視若無睹，從冷藏庫裡拿出香檳、伏特加等酒瓶及其他配料，又拿來雪克杯，擺弄幾下便調出了天藍半透明的雞尾酒。

蘇曉白眼巴巴地坐在吧檯邊看著，就希望能等到男神的一句話。

男神不吭聲，他不敢隨便開口。

只是等了大半天，男神就是沒正眼看他，卻是倒了兩杯酒，自己端起其中一杯小口喝著。

蘇曉白看看男神，看看另一杯沒人喝的雞尾酒，猶豫了一下，伸手拿了過來。

手機鈴聲忽然響起，韓越從口袋掏出來看了一眼，直接掐斷。

接著換成蘇曉白的手機鈴聲大響，蘇曉白一看到來電顯示跳出陸大總裁的名字，忍不住從椅子上跳了起來，點擊通話鍵，畢恭畢敬地捧著手機道：「陸總，我是蘇曉白，我正好有事想要找……啊？韓師兄？在，我們兩個在一起……哦，好，你等等。」說著，把手機遞出去，「師兄，陸總找你。」

蘇曉白有些鬱悶，原以為救星來了，結果只是把他當跳板。

韓越沒有立刻伸手去拿，而是看了手機好一會兒，才慢吞吞地接過，對著電話另一頭淡然問道：「有事？」

蘇曉白兩隻耳朵豎得筆直，不知道陸總會不會跟男神說到他的事，如果陸總能幫他說情就好了，可是聽了老半天，男神除了最開頭的兩個字，就沒再開過金口，他也聽不到電話彼端的聲音。

不到一分鐘，韓越就把通話掐斷，手機還給蘇曉白，但是什麼話都沒說。

蘇曉白焦急難安，忍不住衝口而出：「師兄，陸總說了什麼？有沒有提到我的事？」

韓越終於正眼看向蘇曉白了，只是說出來的話讓蘇曉白嘔得差點得內傷：「不知道，他廢話太多，沒聽完。」

祖宗啊，你真是我的祖宗啊！多少人想接陸總的電話都求而不得，你卻敢掛陸總的電話，不怕被人道毀滅嗎？換成他……嗚嗚，想跟陸總說兩句話，怎麼那麼難呀？

然而，事情還是得解決，既然打開了話匣子，他就趕緊順竿兒爬。

「師兄，你想不想聊聊人生？」

「不想。」

「……師兄，我有個很嚴重的問題想要請教師兄，這個問題可能會決定我的人生方向。我的人生方向看起來跟師兄無關，實際上，有著很深很深的關係。既然現在我是師兄的助理，那我的一舉一動都會影響到師兄的形象……」

「這話你昨晚說過了。」只是把前輩兩個字換成師兄而已。

「師兄……」蘇曉白淚眼汪汪。

韓越斜睨了蘇曉白一眼，涼涼地問道：「King知道你這麼蠢嗎？」

「……」現在應該知道了……

第四章

除了How are you，就是Fine, thank you

在蘇曉白擔心自己的名譽不保前，得先擔心自己的飯碗不保。

他先是韓越的助理，後才是演藝新人，所以進擊的香粉和越女的刀劍都暫時拋到腦後，陸總一聲令下，他就收拾了男神的包袱和自己的衣褲，兩人漏夜驅車直奔台東。

王牌鬼導梵天為美國好萊塢商業大片祕密飛抵台灣到台東取景，預計停留六天。誰知剛到台灣，製片才被告知原本敲定的一位台灣重量級資深演員正與經紀公司在打解約官司，製片與其當初簽訂的合約無法如實履約。

製片急得像熱鍋上的螞蟻，拍攝進度是安排好的，一旦有所延宕，將會造成極大的損失，因為台灣的戲分拍完，後面緊接著是男女主角的大場戲。男女主角的經紀公司給劇組的時間有限，他們分秒必爭，否則也不會請來梵天這樣拍戲雷厲風行的導演。

不得已，製片緊急動員人脈，透過認識的台灣友人，請人推薦台灣知名演員給梵導過眼，腦筋甚至動到中國大陸的演員身上，可是全都被梵導一口否決。

製片急得想上吊，沒有演員，第一天只能搶先拍些空鏡頭。整個劇組處於緊繃狀態，明天男主角就要飛來台灣，可是與男主角敵對的角色卻還沒下文。

就在製片準備跟編劇商量是否修改劇本時，梵大導演忽然想起什麼似的，點名了韓越。

製片有些猶豫，從網路上的一些照片來看，這個韓越很年輕，顏很正，氣質也很正，但就是因為整體形象太正了，跟劇中設定的「四十歲的反派毒梟」差距太大，再者，他也擔心韓越年紀太輕，氣勢不足，壓不住男主角。

梵天卻是笑道：「別人很難說，但要說Evan氣場鎮不住Lance，那你就不用擔心了。」

製片半信半疑，Lance可是美國許多製片競相追捧的小生，三十歲不到，就躋身美國好萊塢男星身價排行榜前十名。他們的製作預算幾乎將近一半砸在Lance的片酬上，至於梵大導演的導演費，還是製片自己掏腰包補足的。

蘇曉白哪裡知道這麼一段插曲，他收到的命令是「梵天需要人，把韓越打包快遞過去」。

於是，兩人就這麼在一群外國人的引頸期盼下到來。

蘇曉白很驚恐，他的英語程度停留在「How are you」、「Fine, thank you」的程度。

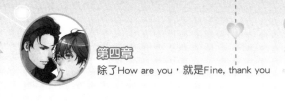

於是，他只好放大絕：微笑。

微笑是最好的國際語言，而且，男神告訴他，面對惡意的嘲諷時要微笑，陸總也告訴他，任何時候都要堅持不要臉地笑，可見一笑天下無難事……吧？

「What？」蘇曉白像唱片跳針般What個不停。

來人拎著幾件衣服比手畫腳，口中劈里啪拉說著什麼，蘇曉白卻是鴨子聽雷，一臉茫然。

韓越走過來從對方手中接過衣服，簡單回應了幾句，接著對方就笑著點頭離開了。

「這是接下來三天的戲服，黑色和銀色那兩套是前兩天要穿的，深藍襯衫和白色外套是最後一天要穿的，鞋子晚一點到了現場再換，劇組正在準備。」

韓越簡單解釋了幾句，就把衣服交給蘇曉白。

蘇曉白臉漲得通紅，羞愧地低著頭跟在韓越身後往車子走去。

韓越倒是沒在意，在去劇組臨時幫他們訂的飯店途中拿著劇本看得很專注。

兩人趕到拍攝地時已經接近中午，製片讓他們先去飯店辦理入住手續，吃完午餐歇息一下，再回劇組報到。為了搶時間，下午Lance抵達台東後，傍晚立刻開拍。

所有的行程都相當緊湊，留給韓越背劇本的時間不多，因此製片只要求韓越利用下午的空檔先把夜戲的台詞背熟。

劇組幫兩人訂的是雙人房，中午他們沒去飯店的餐廳吃飯，而是直接叫客房服務。

韓越進了房間就先去洗澡，洗完澡出來就拿著劇本沒放開過，蘇曉白問他是要出去吃還是在房裡用，他都充耳不聞，蘇曉白就果斷地叫了客房服務。

他點的是兩客牛小排，因為某人喜歡吃，而且方便餵食。

雖然韓越說了不吃，讓蘇曉白別打擾他，但身為一名稱職的助理，他怎麼可能放任男神「自虐」？要虐也該是他虐男神……

咳咳，總而言之，蘇曉白挽起了袖子，拿起了刀叉，把男神的那份牛小排切成一塊塊容易入口的大小，然後一口一口送到男神嘴裡。

等男神吃完，他又倒了杯紅酒遞到男神嘴邊，可是估算錯誤，肉好餵，酒可不好餵，他挪了幾次手都對不準位置，好不容易掐準了，連忙叫道：「張嘴！」

男神順從地張開嘴巴，結果大半杯酒沒倒進他嘴裡，全淋到他衣服上了，襯衫染紅了一片。

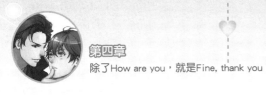

韓越卻恍若未覺，視線不離劇本。

蘇曉白瞪著眼睛，這是走火入魔了吧？

無奈他只得把韓越從沙發上拉起來，動作僵硬地幫他把上衣脫掉。

蘇曉白比韓越矮了將近一個頭，站在他面前，視線正好對上男神的鎖骨。幾滴紅酒從鎖骨滑落到古銅色的結實胸肌上，看起來有幾分淫猥之氣。

蘇曉白忍不住吞了吞口水，身為一名身心健康的男大學生，他當然希望自己有一副健壯的身材，可惜脫掉衣服之後，他只是白斬雞一隻，毫無看頭。

如今他夢寐以求的胸肌、腹肌近在眼前，讓他一時看住了。

看著看著，他的鹹豬手就伸了上去。

溫溫熱熱的，嗯……真有彈性，手感好棒……

「你的口水快流出來了。」

頭頂傳來略帶磁性的聲音，把蘇曉白的三魂七魄震得瞬間歸位。

接下來的話，更讓蘇曉白驚恐地跳開了一大步。

「你再摸下去，我不保證不會就地辦了你。」

難道男神是……同性戀？

「老子喜歡的是女人。」像是知道蘇曉白在想什麼，韓越沒好氣地爆了粗話。

蘇曉白鬆了一口氣，也沒察覺韓越的話前後有什麼矛盾，從攤開在床上的戲服拿起等一下上戲要穿的V領短袖棉衫就要幫他套上。

韓越嘴唇微微動了動，想說自己可以穿，可是見蘇曉白自然而然地示意他低頭，他就把話嚥了回去。

套好衣服，蘇曉白又拎來長褲，正要蹲身幫韓越脫褲子，韓越嘴角抽了抽，開口說道：「我自己來。」

平時走秀的時候，在後台跟一堆大男人裸裎相對，他一點感覺都沒有，這時在蘇曉白面前，有了剛才那一齣，他突然莫名其妙覺得彆扭起來。

韓越瞄了蘇曉白的手一眼，心想：這小子的手真嫩，像個女人似的……

蘇曉白對男神的四角褲沒興趣，逕自轉身整理行李去了。

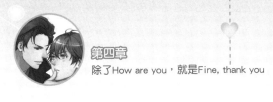

整理完行李，見韓越凝神在背劇本，蘇曉白猶豫著要不要跟他借一部分來看，這樣男神想找人對戲或提詞兒時，他就有用武之地了。

然而，當他越過男神肩頭，看到劇本上全是英文字母後，他就堅定地撤退了，同時也不自覺用崇拜的眼神注視著韓越，好像沒有什麼事是男神不會的……哦，不對，Tina姊說他不會用微波爐和洗衣機。

不過，跟英語比起來，微波爐和洗衣機就先放到倉庫去吧。

離開飯店準備開車前往拍攝地時，蘇曉白有些不安地問道：「劇本都背好了嗎？」

「嗯。」

「真的？」

「嗯。」

「不會忘記吧？」

「嗯。」

「需要我幫忙提詞兒嗎？」

「Are you sure you can make sense of those American are saying?」

蘇曉白果斷地閉上嘴巴。

夜戲的拍攝地點是在濱海公路某個路段的臨崖處，勘景人員前一天在濱海公路上來回跑了幾趟，才找到這麼一處人煙稀少又符合導演要的場景。

在劇中，這不是男主角流亡至台灣的第一個鏡頭，因為時間的緣故，只好被迫跳拍，把男主角與毒梟的衝突戲先拉到前面來拍。

蘇曉白一到現場，就自動開啟微笑模式。

微笑地看著燈光師打燈，微笑地看著攝影師找鏡位，微笑地看著布景師擺弄道具，微笑地看著場務東奔西走地維持秩序及排除障礙，微笑地看著化妝師在檢查幾個配角的妝髮是否到位，微笑地看著韓越和大鬍子吵架……媽蛋！哪來的大鬍子，竟敢吼我家男神？

蘇曉白跳了起來，氣勢洶洶地狂奔過去。

韓越被紅著眼睛撥開人群直奔而來的蘇曉白弄得愣了一下，大鬍子也循著韓越的視線看了過來，只見一個不知打哪兒冒出來的東方小少年，莫名其妙地指著他的鼻子數落著什麼。

大鬍子雖然有四分之一的台灣血統，但只會些基本的對話，而對方說得又急又快，他一時聽不懂，但是看對方的表情，還是能看出他在生氣。

韓越只是驚了一下，很快就反應過來，簡單地介紹道：「他是導演。」

蘇曉白剛出口的半句髒話就噎在喉嚨裡，指著梵天鼻子的手定格在半空中，僵硬地轉頭看向韓越，眼睛睜得大大的，像是希望韓越只是開玩笑的。

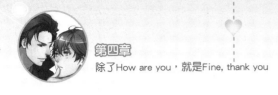

韓越卻是嘴角微勾，對他點了點頭。

蘇曉白默了三秒鐘，猛地雙膝落地，以頭叩地，大聲道：「對不起！」喊完發現不對，又補了句：「I am very sorry.」感謝天感謝地，感謝他除了「How are you」和「Fine, thank you」，還會說「sorry」。

原本吵鬧的現場瞬間安靜下來，眾人都被蘇曉白突如其來的土下座給驚得懵了。饒是不拘小節的梵天，也被前倨後恭的小少年嚇了一跳。

韓越最先回神，一把將雙腿發軟的蘇曉白拉了起來，「你做什麼？梵導不是你想的那樣，他不會追究的。」

韓越倒是沒有不快，因為他看出來蘇曉白是誤會梵導罵他才跳出來維護他的，雖然用的方法不對，那小身板也沒什麼助威的本錢，不過看到他站在自己身前，心底還是有股暖流悄悄滑過，讓他冷淡的面容柔了和幾分。

蘇曉白偷偷抹了把冷汗，見韓越嘰哩咕嚕和梵天說了幾句話後，梵天就對他點了一下頭，惹得蘇曉白差點又來個土下座。

眉眼深邃，半張臉蓄著濃密落腮鬍的梵大導演，那張臉實在太猙獰太有威懾力了，再加上嗓門又大，難怪他會誤以為男神被人凶了。

等到韓越和梵天討論完因為角色變動而必須修改的台詞後，就順手把龜縮在他身後的某人拎回劇組為他準備的休息區，接著又開始專心啃起了劇本。

直到飾演男主角的Lance到來，韓越始終沒跟其他人說過話，事實上，就連金髮碧眼、體格不輸韓越的Lance換完衣服，梳妝完畢，韓越連個眼皮也沒掀半點。

蘇曉白遲疑著該不該提醒男神去跟美國來的男神打個招呼，寒暄兩句，以免這一干海外人種都以為台灣人不懂禮貌。

然而，韓越回座位後，整個人就散發著生人勿近的冷冽氣息，別說其他人不敢靠過來，他自己都想伺機逃命了，可惜他是身家與男神綁在一起的生命共同體。

所幸韓越不動，美國來的男神倒是主動過來了。

蘇曉白默默看著Lance親切地與韓越寒暄，默默看著韓越還是板著一張「別人欠他五百萬」的酷臉，然後默默在心裡給美國男神點了三十二個讚。

別人欠他家男神五百萬，他家男神卻是欠調教，真是個熊孩子。

因為要搶夕陽餘暉，梵導只和Lance及韓越說了幾句話，沒有試戲，就正式開拍。

蘇曉白在旁邊看場次表，夜戲共有五場，其中三場有韓越——看不懂場次表上的英文字，男神的英文名字他還是認得的——現在是跳拍第三場，不過他劇本看得一頭霧水，也不清楚梵導的風格，所以沒辦法揣測這場戲會拍幾條。

男神在劇中飾演的是毒梟，他對這個毒梟的背景和性格一無所知，男神沒空和他解釋，但在導演喊「Action」的前一秒，男神就瞬間變臉。

像是戴上面具似的，原本冷漠的表情眨眼間就換成了另一張帶著三分笑意、三分流氣及三分狠厲的面孔，完完全全跟男神無法聯想在一起。

蘇曉白皺起了眉頭，莫名的怪異感又湧上了心頭。

這種怪異感與之前在公司看男神獲獎的電影作品時的感覺非常相似，讓他不由得想起陸總當時跟他說的話。

陸總說，不像就對了。

陸總還說，演員的演技跟禪語中所謂的「見山是山，見山不是山，見山還是山」有異曲同工之妙，演員的演技也有三個境界，那就是「演得像自己，演得不像自己，演得像自己」，而觀眾在看戲時，也能從這三種境界去分辨演員演技的好壞。

陸總又說，韓越的演技能讓人覺得不像他，已經很難得了。現在大部分的年輕演員，說好聽些，演戲都是本色演出，戲路因此受到極大的限制。

陸總最後對他說，他看過一些他上課演戲的視頻，都是本色得不能再本色的表演。換言之，就是不懂得演戲。演戲要演什麼像什麼，唯一不能像的就是自己。

這場戲連拍了四條，換了幾個鏡位拍，都是一次過關。

雖然蘇曉白聽不懂台詞，但從Lance和韓越的表情看起來，都可以感受得到兩人的衝突正在逐漸升溫，而且開始有肢體推搡的動作。

梵導又一次喊卡，換下一場戲。夕陽幾乎快沒入地平線，燈光師們立刻上前調整燈架補光。

蘇曉白拿著保溫瓶跑到韓越身邊遞茶，順便幫他擦去鼻尖的汗漬。

布景師帶著道具人員和場務在路邊的護欄處東摸摸西拍拍，不時指著韓越和Lance在低聲討論著什麼。

韓越和Lance剛才就是站在護欄邊吵架的，那截護欄可能是因為年久沒有維護，看起來破損嚴重，搖搖欲墜，道具人員拿了東西來補強。

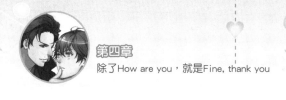

化妝師上前幫韓越和Lance補妝，蘇曉白退到旁邊看。

梵導和製片忽然帶了一個身高、體型和髮型都很像韓越的人過來。不知道梵導和韓越說了什麼，韓越先是皺眉，然後搖頭。梵導也板起臉，結果看起來更凶猛。

韓越堅不鬆口，梵導沒轍敗退。

蘇曉白緊張地低聲問道：「怎麼回事？是不是導演要你做什麼危險的事？」就算聽不懂也看得出來，導演帶來的人是替身，通常需要替身上陣時，多半是要拍攝危險的場面。

韓越沒解釋，只是說了句：「沒事，放心。」

蘇曉白哪能放心，當下眼觀六路起來，可惜沒觀出什麼風吹草動來。

下一場戲正式開始，蘇曉白不顧攝影助理的白眼，硬是湊到攝影師旁邊。這裡是離演員最近，又不影響燈光的位置。

其中一名褐髮的攝助戳了戳蘇曉白的背，嘰哩咕嚕說了幾句話，蘇曉白平板地回了句：「聽不懂。」

反正他就耍賴了，咬他啊！

當導演喊「Action」後，Lance直接給了韓越一記左勾拳，韓越矮身避開，同時間右腿橫踢，掃向Lance下盤。Lance重心不穩，往一邊栽去。

導演喊「Cut」，說了「Keep」，讓眾人準備再來一次。

接著換了兩個鏡位拍攝，才繼續下一條。

這時梵天跑過來，和兩位主演溝通套招。蘇曉白看著看著，臉就微微白了起來。

原來下面要拍的是Lance和韓越在扭打之間，韓越要把Lance推出護欄，卻反被Lance拉扯得自己跌了出去，而護欄外就是陡峭的崖壁。

蘇曉白聽不懂英語，就算原本能聽得懂幾個單字，也因為口音的關係，連你我他都分不出來了。越是聽不懂，就越是著急。越是著急，就越是聽不懂。

很多人圍著韓越和Lance，他根本擠不過去，即便擠過去了，韓越也沒時間跟他解釋。

於是，蘇曉白的一顆心隨著副導演喊出「Ready」，攝影師、收音師各自待命，到場記打板時，懸到了最高點。緊接著，因為拍的是打鬥戲的最高潮，梵導為了幫助演員入戲，那聲「Action」喊得比其他幾次都來得高昂。

而那聲「Action」也讓蘇曉白的小心臟抖了好幾下，還餘震不斷。

正在拍攝的這個鏡頭比較混亂，分成了幾個Take來拍。

蘇曉白的視線牢牢鎖在韓越身上，看到Lance的拳頭不小心擦到韓越的臉頰時，他的眼神都快噴出火苗來了。

不知道是不是他的注視太過「熱情」，導演喊「Cut」時，韓越突然看了過來，發現他緊貼著攝影師站著的時候，有些困惑，不過很快又轉頭與Lance繼續對戲。

夕陽完全下沉時，這場戲的最後一個Take準備開拍，這也是最驚險的鏡頭。

燈光師調試燈光許久，才連得上戲。

攝影助理又來戳蘇曉白的背，蘇曉白狠狠瞪了對方一眼，不管對方的嘰哩咕嚕，依然是那一百零一句：「聽不懂！」

蘇曉白突然發現，「聽不懂」比微笑好用多了。

他微笑了半天，笑到臉皮都僵了，也沒人把他看在眼裡，但他說「聽不懂」，人家倒是看了他幾眼，也沒再拿手指戳他的背，雖然他離攝影師太近，讓攝影師很想拍他的肩。

又一次「Action」，Lance抓著韓越的手用力一拽，正獰笑著的韓越被甩向護欄。

護欄喀喀幾聲，應聲而斷。

韓越整個人摔了出去，掉下懸崖。

蘇曉白臉色大變，身體比腦子動得更快。攝影師只覺眼前一個黑影閃過，原本貼著他站的蘇曉白已經竄過去，竄到崖邊也沒煞住腳，反而為了抓住韓越，也跟著跳下崖。

眾人被突如其來的變故嚇得高聲驚呼，幾個離得近的工作人員搶上前去，卻哪裡來得及，蘇曉白已經跌了下去。

剛才站在蘇曉白身邊的攝影助理們，全都嚇得臉色發青，呆立當場。

韓越沒時間跟蘇曉白解釋這場戲，又怕蘇曉白看得驚心，就請工作人員照看著他，免得他臨時出狀況，影響拍攝。

蘇曉白緊黏著攝影組，被委託負責看顧蘇曉白的化妝師無奈，只好請幾個攝影助理盯著他。

攝影助理嘰哩咕嚕的就是想說這件事，誰知蘇曉白不領情，攝影助理也不知道他是不是有聽懂，只想著他已經盡了告知的義務，又覺得蘇曉白一直都挺老實的，他們再稍微留意一點，應該不會有什麼狀況。

不料……

韓越身上有綁護繩，蘇曉白可沒有啊！

製片只感到一陣天旋地轉，半天說不出話來，耳邊淨是梵導的怒吼聲。

拉著護繩，懸在崖壁邊的韓越，也被頭頂砸下來的人影嚇了一跳。

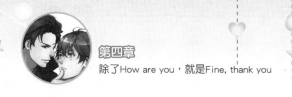

反射性地隨手一撈，撈到的不是別人，是他那個從剛才起差點把他看出個窟窿來的小助理。

愣了一下，隨即驚怒地大吼：「蘇曉白，你這個大笨蛋！」

蘇曉白沒被韓越罵懵，而是嚇懵了。

摔出臨海峻崖的那一刻，身子飛在半空中的那一刻，看到身下黑幽幽深淵的那一刻，他以為自己死定了。腦子瞬間空白，恍惚間好像看到上帝和藹地對他招手。

直到被韓越一手攬住，他還愣愣地沒有回過神。

連韓越的斥罵聲也沒聽見。

兩人被恐慌的眾人拉上去時，臉色蒼白的蘇曉白依然木木呆呆的，沒什麼反應。

韓越顧不得生氣，把他抱到一邊，連喚了好幾聲，見蘇曉白還是不作聲，乾脆搧了他兩耳光，結果，蘇曉白痛得回神了。

他捂著臉，委屈地控訴：「你打人！」

「我不止打人，我還要揍人！」韓越撂完話，粗魯地灌了蘇曉白幾口水，就轉身去找正在看螢幕的梵大導演。

梵天是個標準的工作狂，在他眼中，電影第一，爹媽第二，其他人閃邊去，因

此在看到蘇曉白摔下斷崖時，先是憤怒，擔心之情一閃即逝，之後就是關心起剛才拍的畫面能不能用。

韓越過來後先在導演旁邊看螢幕，待確認畫面能用沒問題，才正式鞠躬代自家不中用的助理向導演和製片道歉。

男神可能這輩子都沒為工作對人道歉過，蘇曉白遠遠看著，發現他微彎的背影幾乎透出幾分憋屈來。

他摸了摸脖子，不知道男神是不是會把他揍個半死不活。

結果直到今天的夜戲拍完，韓越都沒正眼看過他，也沒跟他說過半句話。

回到飯店，蘇曉白狗腿地在韓越身邊鞍前馬後，端茶遞水，還自告奮勇地說要幫他按摩。

韓越想起他那嫩滑的手指，拿著劇本的手微微一頓，還是沒搭理他。

拿熱臉貼了幾次冷屁股之後，蘇曉白什麼招都沒了，乾脆坐在旁邊發呆。

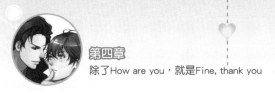

他今天給劇組造成了很大的困擾，影響到拍攝，犯了這麼嚴重的錯誤，讓他實在很想抽自己幾下。

回想起當時的凶險，他也不明白自己哪來的勇氣，竟敢衝著海崖就跳下去。可是反應過來時，他已經這麼做了。

他不知道原來劇組已經做好防護措施，只是看到男神摔出去，他腦子一熱，就飛撲過去。

越想心跳越快，臉色也慢慢變白。

這輩子他沒離死亡這麼近過。

悄悄看了韓越一眼，見他埋頭在劇本裡，就輕手輕腳地起身，拿著手機走了出去。

關上門時，韓越才皺眉看了過來。

蘇曉白坐在走廊上，捧著手機打給于向陽。

對方一接起，蘇曉白立刻壓低聲音說道：「小陽，我剛才差點死掉了。」接著也不管電話那頭有沒有人應聲，就劈里啪啦自顧自地訴說委屈：「你知道死掉的感覺嗎？我也不知道，可是那時候我真覺得自己完蛋了。我沒想到痛，就是好像看到上帝了，明明我信的不是基督教，怎不是看到七爺八爺呢？」

蘇曉白不知道電話那頭的人和身後房內貼著門板聆聽的人正嘴角抽搐，繼續又道：「我知道自己做了錯事，想要跟劇組的人道歉，可是我只會說『sorry』，後來

看到師兄幫我跟大家道歉，我就更說不出口了。我怕我說『sorry』他們聽不懂，你說，明明是『sorry』，為什麼我說的『sorry』比師兄說的『sorry』更不像『sorry』呢？」

正在聽蘇曉白自白的兩人已經開始扶額了。

蘇曉白停頓了好一會兒，捧著手機出神，久久沒說話，久到兩人都想爆粗口了。

所幸，蘇曉白又開口了：「小陽，我覺得自己好像有點不太適合走這行，近距離看師兄演戲讓我很挫敗，我不懂陸總說的那三個演技的境界，可是我有種贏不過師兄的感覺。如果輸他，應該很丟臉吧？」

電話那頭的人腹誹：你在電視上跟他嗆聲的時候，已經丟臉丟得人盡皆知了！

話鋒一轉，蘇曉白突然一改頹喪地道：「我決定了，我要去吃雞排！」

砰！門裡的人一頭撞上門板。

哐啷！電話那頭的人手機掉了。

蘇曉白嚇了一跳，顧不得門板，先顧于向陽。

「小陽！小陽，你怎麼樣了？」

另一頭的人撿起手機，平淡地說道：「沒怎樣，只是被你蠢到了。」

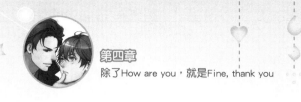

聽到對方的聲音，蘇曉白驚得差點把手機摔出去。

靠靠靠！尚宣之？為什麼是你這個變態？我家小陽去哪裡了？

像是知道蘇曉的在想什麼，尚宣之又道：「小陽在洗澡。」

蘇曉白的臉頓時一陣紅一陣青。

大半夜的，為什麼你們兩個還在一起？在一起就算了，為什麼小陽這個時間在洗澡？

兩個大男人的，蘇曉白沒往歪裡想，就是覺得不對勁，他們兩個何時好到這種程度了呢？

「我告訴你，小陽是我的好兄弟，你別想欺負他。」

不是你的好兄弟，我才懶得理呢！

尚宣之撇了撇嘴，說道：「說吧，能讓你這個信七爺八爺的看到上帝，是不是你又做了什麼蠢事了？」

「為什麼我要告訴你？你把小陽叫來，我自己跟他說。」

「不是跟你說他在洗澡嗎？你是老年痴呆嗎？」

「……那我等一下再打過去。」

「等一下我們就要睡覺了。」

蘇曉白憋紅了臉，結結巴巴地道：「你你你你……為什麼你會睡在小陽家？」

他不敢問你是不是跟他睡一張床。

「誰說我睡他家？」

蘇曉白正要鬆一口氣，卻被尚宣之的下一句話噎了回去：「是他睡我家。」

本來蘇曉白是想跟于向陽傾訴自己的煩惱，沒想到他現在更煩惱了。

「尚宣之，你有氣就對著我來，小陽是無辜的，你放過他。」

尚宣之笑了起來，「你在說什麼？我跟他是好朋友，怎麼可能對他做不好的事？」頓了頓，又道：「你不想說就算了，不過我大概也能猜到你做了什麼蠢事。蘇曉白，給你一個忠告，韓越跟你是不一樣的，他不是循SOP上位，你想要模仿他的演技，那是笨蛋才會做的事。」

又一個罵他笨蛋的人！

蘇曉白憤憤。

「蘇曉白，演技這種東西，能做到什麼程度，跟各人的心性有關。你的個性太軟綿，韓越的路數太霸道，你與其拿他當標竿，不如去找個性格跟你相近的人模仿。等你能掌握表演的力度，再向外發展。」

蘇曉白默了默，問道：「你為什麼要幫我？」

「幫你？有嗎？」尚宣之拖長了尾音，忽然道：「不說了，小陽洗完澡出來了，我們要去睡覺啦！晚安，好好照顧你親親師兄吧！」

「……」靠！

蘇曉白看著被掐斷通路的手機，想著要不要過一會兒再打，等一下總該會是小陽接了吧？

可是剛才發洩了一通，他沒心情再說一次了。

尚宣之那個混蛋，把他悲秋傷春的情緒全嚇跑了。

嗶嗶！手機簡訊音響起。

蘇曉白漫不經心地點開，是尚宣之發來的。

『蘇曉白，我會幫你給親愛的小陽一個晚安吻的，別客氣。』

「……」媽蛋！這是刷他當刷日常呢！

蘇曉白沒想到的是，尚宣之竟然真的給了于向陽一個晚安吻。

于向陽瞪大眼睛，傻乎乎地摸著額頭，呆呆地看著在他身邊躺下的尚宣之。

尚宣之笑咪咪地道：「這是幫你的好兄弟親的，晚安。」

于向陽沒等到蘇曉白的來電，因為那個撞到門板的人正面無表情地看著蘇曉白，淡淡地問道：「吃雞排怎麼沒找我？」

蘇曉白縮了縮脖子，「我擔心你肚子餓沒辦法專心看劇本，所以想著要不要去買消夜……」

其實他本來是想，吃飽了就不會胡思亂想，心情就不會不好了。

韓越哼了一聲，轉身回房。

蘇曉白摸摸鼻子，從地上爬起來，低著頭跟著進去。

不過，直到兩人各自躺上床，韓越都沒說什麼。

蘇曉白心中惴惴，男神剛才應該是聽到他對尚宣之說的話了。

可是等了半天，男神還是一聲不吭，等到他都快睡著了，才聽到男神低聲說：

「明後天你就不用跟了，在飯店休息。」

蘇曉白猛地從床上彈了起來，「那怎麼行？我是你的助理，沒跟在你旁邊怎麼叫助理？」

「我的戲分不多，現場用不到你。」

聞言，蘇曉白的心臟揪了一下，半天都沒說話。

許久，才幽幽地道：「今天是我衝動了，以後不會了。我保證，絕對不給你惹麻煩。」

「我不是那個意思……算了，你想跟就跟吧。」

第二天一到現場，蘇曉白就拜託韓越帶他去向大家道歉。

韓越見蘇曉白對每個工作人員都九十度鞠躬，拚命地用不純正的英語說「I am sorry」，心裡頗不是滋味，又沒法阻止他，只好別開頭不去看。

接下來兩天，蘇曉白果然很安分地站在旁邊，導演喊「Cut」時，就上前送水，然後乖乖退到一旁，多的話一句也不說，就是微笑。

韓越心頭微堵，破天荒主動跟他搭話，要他不用這麼拘謹，結果蘇曉白只是笑，轉頭又故態復萌，看得韓越的火氣都上來了，卻拿他無可奈何。之前說要揍人只是氣話，後來見他笑得像個傻蛋，手是真的癢了。

好不容易結束三天的拍攝，蘇曉白鬆了一口氣，終於不用提心吊膽的了。

韓越也鬆了一口氣，終於不用看某人那刺眼的皮笑肉不笑了。

兩人不約而同歸心似箭，驅車就直奔台北的住處。

韓越習慣東奔西跑了，有工作的時候，一兩個月不在家是常事，在外面也不怎麼特別想回去，可是這次只在台東待幾天，他就覺得特別累，累身也累心。

而讓他累的不是工作，是蘇曉白。

蘇曉白也以為到家就能好好休息了，不料他們一回到住處，當晚他就發起了高燒。

如果不是第二天早上韓越看不到蘇曉白的人，福至心靈地到他房間查看，蘇曉白可能就燒壞腦子了。雖然現在也不怎麼聰明，但他可不想有個更蠢的助理。

韓越沒照顧過病人，見蘇曉白燒得胡言亂語，心裡一慌，打橫抱起他就往醫院跑。

一路開車橫衝直撞，闖了幾個紅綠燈，飛抵醫院，就把蘇曉白撈出來直奔急診室。

等到櫃檯小姐追來要求他辦入院手續時，他才想起要通知陸競宸。

陸競宸讓姚安娜過去接手，姚安娜匆匆忙忙趕到醫院時，就看到蘇曉白的病房外圍了幾個興奮的小女生在指指點點。姚安娜忍不住望天，希望不會是像她想的那樣。

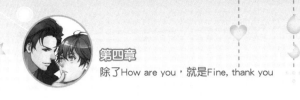

結果，怕什麼來什麼，推開房門看到韓越坐在床邊，馬上就知道那些女生衝著誰來了。

關上房間，關上外面的嘰嘰喳喳，姚安娜無奈地道：「你好歹變個裝再來，至少戴個口罩什麼的。在醫院戴口罩很正常，又能遮掩你的臉，你不想明天爆出個什麼緋聞來吧？」

「哦，忘了。」韓越淡然回道。

姚安娜真想打韓越一頓。

她拉過椅子，跟著坐到床邊，看著閉著眼睛躺在床上的蘇曉白，輕聲問道：「他沒事吧？」

「嗯。」韓越說完，想起什麼似的，又道：「他的掛號費還沒付，順便幫他辦住院手續。醫生說讓他住院觀察一天。」

姚安娜認命地站起身走出去，不到一會兒又跑進來，「蘇曉白的健保卡呢？」

「不知道。」

「沒健保卡怎麼掛號？」

「……妳回去拿吧。」

姚安娜想爆打韓越了。

等姚安娜走後，韓越拿起手機又撥給陸競宸，「哪裡可以收驚？」

陸競宸的眼鏡差點從鼻樑上滑落，「你說什麼？」

韓越不耐煩地重複：「哪裡可以收驚？」

饒是一向鎮定的陸競宸，這會兒也被韓越驚到了。

「你不是不相信鬼神嗎？還說是迷信。難道你不認為收驚是迷信？」

「我是不信，但蘇曉白需要。」

醫生當然不可能跟韓越說蘇曉白是被嚇到才發燒，而是說他之前太緊繃，突然放鬆下來，壓抑著的火氣發了出來，才會發燒，吃個退燒藥就好了。

發燒要收驚，是他剛才在走廊上聽到一個老婦人對媳婦叨念的話，說孫子會發燒，是受到驚嚇的緣故。這讓他想起蘇曉白在台東差點摔成肉醬的事，蘇曉白肯定被嚇到了，才會說什麼看到上帝的話。

「看到上帝？」陸競宸聽得一頭霧水。

韓越懶得解釋，也下意識不想讓陸競宸知道那件事，以免他對蘇曉白有不好的印象，畢竟蘇曉白也是為了他才跳崖的，他不能在背後捅刀子。

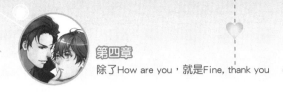

「蘇曉白說他應該看見的是七爺八爺，專門收驚的人，應該是七爺八爺那個宗教的吧？蘇曉白不相信上帝，所以要去收驚。」

陸競宸一陣無語，這都什麼跟什麼？

他開始懷疑派蘇曉白去當Evan的助理，是不是把Evan的智商給拉低了？

不過，他還是讓Tina等蘇曉白病好之後，帶他去行天宮走一趟。

事實上，他在猶豫是不是叫Tina也把Evan帶上，他覺得需要收驚的人應該是Evan，不然他怎麼開始胡說八道了呢？

但又考慮到Evan一現身，可能會引起爆動，只好作罷。

然而，韓越沒有因為收驚而引起爆動，卻因為被人目擊抱著蘇曉白急奔醫院而引發騷動。

斗大的新聞標題寫著：「現場直擊，天王的祕密情人曝光！」

只是內容寫得比標題聳動，說是有民眾看到韓天王抱小產的女友掛急診，還為了女友在醫院深情守候，絲毫不在意旁人的眼光。記者描寫得繪聲繪影，如臨現場。

正在家休養的蘇曉白沒精力上網或看電視，還不知道這事，但就算知道了，一時也沒空搭理，因為他被于向陽的話震翻了。

「你在開玩笑吧？」蘇曉白躺在床上，驚疑不定地對著手機說道。

「不是，我是認真的。」于向陽的聲音略帶苦惱，「我……我好像戀愛了。」

「是圈外人嗎？」

「不是。」

「那就是圈內人囉？」

「……」

「是……吉星的人嗎？」

「……」

這下可麻煩了，吉星是有禁愛令的。

「是誰？」蘇曉白直接問道。

電話那頭沉默很久，蘇曉白有點不抱希望，他跟于向陽是哥們兒，任何事都不隱瞞對方，但不包括感情這種私密事。

「上個月我不是在Tanya的ＭＶ客串樂團的貝斯手嗎？」于向陽說到這裡就沒再說下去。

Tanya是上個月吉星才招攬到的創作型女歌手，本名譚湘湘，整張專輯的詞都是自己寫的，二十歲的清秀佳人一枚，剛推出第一張專輯就暢銷熱賣，成為媒體寵兒。

在尚宣之跳槽到吉星之後，吉星似乎就開始走上坡，公司運勢大開。

「你喜歡的人是……譚湘湘？」蘇曉白艱難地確認。

于向陽沒接這話，而是悶悶地問道：「曉白，你有談過戀愛嗎？」

「沒有。」

「那你一定不明白喜歡一個人的感覺。」于向陽聲音有些輕飄飄的，「曉白，喜歡一個人不是應該覺得甜甜蜜蜜的嗎？我怎麼不太開心？」

「……」因為你喜歡上不該喜歡的人了，吉星可是嚴禁旗下的藝人談戀愛的。

蘇曉白不知道于向陽陷得多深，無從勸起，也不太情願勸他。

哥們兒難得有喜歡的人，他覺得自己不應該潑他冷水，可是萬一被公司察覺……

「小陽，要不然，你先暫時不要見她，也許一段時間不見面，你就會發現你對她只是一時的迷戀，不見就不會想了。」蘇曉白試探地說道。

「唉，曉白，你不懂。」

于向陽嘆了一口氣，就掛斷了電話。

被二愣子于向陽說不懂愛情的蘇曉白，在兩天後看到越炒越誇張的新聞時，已經搖身一變，成為天王背後那個為愛流產的偉大女人了。

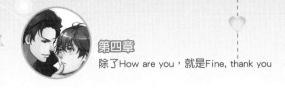

第五章

他敢坑男神，男神就敢活埋他

蘇曉白深刻地體會到了天王背後的女人有多麼不好當，他只不過是跟著姚安娜去收個驚，就被要求包得密不透風。

八月的大熱天，長袖長褲不說，還要他戴口罩戴帽子，讓他沒病死而差點被悶死。

當然，他確實很鬱悶。

發燒而已，就憑空冒出了一個天王戀人，還平白無故「被流產」。

他果然是該去收驚，要不要再去改個運呢？

「白痴！」韓越淡淡地道。

唉！男神虐我千百遍，我待男神如初戀啊！

蘇曉白討好地對男神笑了笑，殷勤地幫坐在沙發上的男神捏肩膀捏手腳，誰叫Tina姊告訴他，如果不是男神及時發現，他就燒成真正的白痴了。

助理的工作姑且不論，就為男神拯救了他的智商，他就應該以身……呃，做牛做馬報答了。

待蘇曉白揉捏了大半天，韓越才拿出幾片光碟給他，「這個給你，你有空可以看看。」

「這是什麼？」蘇曉白納悶。

「我以前主演的電影和電視劇。」

見蘇曉白還是一臉茫然，韓越板起臉說道：「你不是想觀摩學習嗎？」

蘇曉白愣了愣，隨即恍然，恍然之後就是心虛。

他不好意思說，他已經聽從尚宣之的建議，準備尋覓其他觀摩演技的對象了。

雖然還是以打敗男神為目標，可是手段得換一換。

蘇曉白眨了眨眼睛，畢恭畢敬地雙手捧了過來，「我會好好用心學習的。」

韓越彆扭地虛應了一聲。

男神這是……害羞了？

見蘇曉白盯著自己，韓越惱羞成怒，「我有事，別跟來。」說著，起身回了臥室。

果真是很傲嬌啊！

不過有碟不看是傻蛋，他高高興興地打開電視，挑了一部男神主演的電影放進影碟機裡，片頭畫面一跳出來，他忽然想起一件事，連忙按下暫停鍵，掏出手機，撥了個掙扎了很久才存進去的號碼。

其實他很不願意打這個電話，可是為了哥們兒的幸福，一點點委屈不算什麼。

鈴聲響了很久，對方才接起來。

「我是蘇曉白。」蘇曉白有些緊張，聲音有些壓抑。

「哦……原來是天王的女人。」

「……」尚宣之這個王八蛋！他哪裡是一點點委屈，而是非常委屈。

「王嫂找小弟有什麼事呢？」

嫂個屁！

「你現在方便講電話嗎？」

「方便，當然方便。」尚宣之笑道：「我正在錄影。」

蘇曉白的手猛然顫了一下，手機差點滑落。

「你你你你……你正在錄影？」蘇曉白不抱希望地問道：「你的意思是……現在觀眾都在看你講電話？」

「當然，直播的節目嘛！」尚宣之的聲音聽起來很歡樂。

「……」滿肚子的草泥馬，都掩飾不了他的驚訝了。

他既沒刨了尚宣之的祖墳，也沒強了他家的誰，他怎麼會想出這樣的主意來整他？

他的手抖了抖，很想掐斷通話，這時卻聽到另一頭有人興奮地問道：「電話裡的人難道就是韓越的女人？」

一句話藏了兩個意思，一是確認傳聞的真實性，二是確認是不是真有天王的女人這號人物。

尚宣之沒有正面回答，而是咯咯地笑了起來，那笑聲聽起來很欠揍。

更欠揍的是，主持人和特別來賓全都扔下錄影不管，焦點放到這通電話來。主持人希望尚宣之能把手機調成擴音模式，好讓現場的觀眾及電視機前的人都能聽到電話彼端人的聲音，導致蘇曉白差點摔手機。

所幸尚宣之沒答應，而是半開玩笑地說道：「王嫂害羞。」

「……」蘇曉白在心裡把尚宣之罵了一遍又一遍。

「不知道王嫂有什麼事要吩咐小弟呢？」

蘇曉白拚命運氣，盡量壓低聲音道：「我想跟你談談小陽的事。」

尚宣之忽然收斂起笑意，沉默了一下，接著說道：「錄影結束我再打給你。」

說完，乾脆俐落地掐斷通話。

蘇曉白氣悶，也不知被尚宣之這麼一攪和，又要傳出什麼緋聞來。

想了想，他拿起手機撥了出去。

可惜響了很久，遲遲沒人接電話。

直到現在他才深深地明瞭，難怪那麼人都盼著能接到陸總的電話，因為要找他還真困難。

不得已，他改撥姚安娜的手機，手機那頭很快傳來輕快的聲音：「天王的女人找我耶！」

蘇曉白當下很想掛電話，可是沒那個膽。

深呼吸了幾口氣，蘇曉白問道：「Tina姊，我覺得我們應該澄清這個緋聞，以免影響公司的名譽和韓師兄的形象。」陸總最重視宸宇的名聲了。

「這樣啊……說不定韓越不在乎，你要不要問問他？」

「……」如果我敢問，還會打給妳嗎？

姚安娜搖了搖頭，暗嘆道：還是太嫩了！

「曉白啊，姊再教你一件事，不是每個緋聞都需要去澄清，尤其這個緋聞捏造的成分太大，灌的水太多，若是公司出面說明，反而顯得我們心虛，不然你以為尚

宣之那臭小子怎麼敢拿這件事開玩笑？」

要不要這麼神啊？

剛剛才發生的事，妳馬上就知道了，簡直是……不愧是帶過天王的Tina姊！

「況且，只要大家知道韓天王帶去醫院的是男人，所有的緋聞就不攻自破啦！」

「那什麼時候需要我出面，我已經準備好了，隨時都可以。」蘇曉白積極地道。

「誰說要你出面了？我們從來沒打算開記者會啊！」

「……」媽蛋！玩我呢！

「曉白，說起來這事你還占了便宜，看看記者把你吹捧得多麼偉大，嘖嘖……有多少人想當天王背後的女人都不得其門而入，你一個新人還沒正式出道就得到這項殊榮，怎麼看都是你賺到了。」姚安娜看不見電話那頭的蘇曉白頻頻抽搐的嘴角，逕自說得逸興遄飛：「再看看韓越，你坑他坑大發了。」

蘇曉白大吃一驚，他什麼時候坑男神了？

他堅信，要是他敢坑男神，男神就敢活埋他。

「別人都說你是天王背後那個偉大的女人，可你知道別人是怎麼說他的嗎？」

姚安娜大笑兩聲，「很多人都說他是負心漢呢！說他為了事業，不顧伴侶，不顧孩子，簡直是泯滅人性的畜生，禽獸不如！」

為什麼他覺得最後兩句是Tina姊自己加上去的？

可是，聽她這麼一說，蘇曉白驚恐地發現，自己距離被男神活埋的日子不遠了。

這哪裡是在坑男神，這他媽的在坑他啊！

「那個……我去跟韓師兄解釋……」

「解釋什麼啊？如果他在乎的話，你還能好好地活到現在跟我講電話嗎？」

「……」這算安慰嗎？我能活到現在，是依靠我頑強的生命力！

「你總不能跟他說孩子不是他的，要他不用在意吧？」

「……Tina姊，我是男生。」

「我知道啊！」

「……」知道個屁！

蘇曉白很心塞地掐斷通話，他有種發現真相的感覺，陸總和Tina姊就是在看熱鬧。

放下手機，一抬頭，猛然見到韓越正站在電視前似笑非笑地看著他。

蘇曉白頭皮瞬間發麻，背脊冒出陣陣的寒氣來。

男神不笑的時候，他很害怕。男神笑了的時候，他更害怕。

而當男神似笑非笑時，他就依稀能看見七爺八爺在對他招手了。

「師兄……」蘇曉白硬著頭皮說道：「想喝咖啡嗎？」

「不想。」

「想吃下午茶嗎？」

「不想。」

「想按摩嗎？」

「……好。」

蘇曉白鬆了一口氣，可是當韓越把他帶到自己的房間，脫掉上衣，露出結實健碩的肌肉時，他的一口氣又提了上來。

「師師師師師兄……」

韓越趴到KING SIZE的雙人床上，說道：「來吧。」

「啊？」

「按摩。」

不用脫衣服也可以按的……

男神使喚他，真是越來越自然了。

不過，男神不會是想趁著這個時候挖坑埋他吧？

比如他的手一摸上去，男神就大叫「非禮」，然後把他人道毀滅之類的。

「發什麼呆？」韓越皺眉。

「我只是在想要用多大的力氣。」蘇曉白連忙上前，用雙手手掌在他的上背揉了幾下，又裝模作樣地用指尖在他的肩膀按壓，然後狗腿地問道：「師兄，這個力道還行嗎？」

「嗯。」韓越舒服地閉上眼睛，這小子的手果真像女人一樣軟嫩。

蘇曉白不是專業的按摩師，當然不可能真的幫人按到鬆筋活血的程度，他就是憑著感覺這裡揉揉那裡掐掐，可是架不住某人喜歡他手指的觸感，蘇曉白只好使出渾身解數服侍正在當大爺的男神。

捏著捏著，蘇曉白想起了之前撫摸男神的胸肌時的手感。

沒想到男神的背肌也緊實得讓人羨慕。

然而，體格太好是要付出代價的。

蘇曉白那個小身板實在沒什麼力氣，壓、捏、揉、掐、戳了不到二十分鐘，他的手臂就開始發抖，肩膀漸漸使不出力來，最後與其說是按摩，不如說是小貓在撓癢癢。

撓得韓越不止皮膚癢，連心也開始微微癢了起來。

韓越不怕癢，卻沒辦法遏止體內的熱血往下腹某處流去。

「咦，師兄，你怎麼變熱了？」蘇曉白說著，還用手指戳了戳韓越的背肌，戳得他下腹的溫度猛地升得更高，「冷氣不夠強嗎？」

韓越覺得這小子不是來按摩的，是來折磨他的。

「不必按了，你出去吧。」

「那怎麼行？師兄是不是嫌我按得不好？不用擔心，我改進！」

開玩笑，他還等著討好男神，再伺機說服男神去跟陸總要求澄清緋聞呢！

蘇曉白拍胸脯保證，雙手掐得越發歡快。

韓越被掐得苦不堪言，什麼叫痛並快樂著，這就是了。

「師兄，你要不要翻過來，我還能按摩你前面。」

韓越的臉黑了一半，他的褲襠正支著高高的小帳篷，也不知小小越們有沒有溢出，真翻過去在始作俑者面前露餡兒，他就要翻臉了。

「不用，我累了，想睡一下，你出去。」韓越板著臉說道。

蘇曉白有些失望，他的作戰計畫差點就成功了，於是，他戀戀不捨地一步三回頭走了出去。

韓越鬆了一口氣，連忙翻過身來，一手摸上脹得生疼的灼熱，想像著某人細滑的指尖和手心，快速擼動起來。

他對男人沒興趣，可不表示不會有生理反應。

而與身後的滿室旖旎不同，蘇曉白現在是滿懷愁悵。

他不想當天王背後為愛流產的女人，他是貨真價實的爺們兒……

手機鈴響，打斷了他此刻讓人蛋疼的憂傷。

「小陽有什麼事？」對方絲毫不拖泥帶水地直奔主題。

蘇曉白有些疑惑，這人不是應該先戳他兩下嗎？

這個心理陰暗的傢伙，之前戳得他也快加入神經病的行列了。

「你有沒有發現小陽最近哪裡不對勁？比如說變得愛發呆，或者是沒事就傻笑，又或者無緣無故就對著小花小草嘆氣，呃……說不定還會背著偷偷地又哭又

笑。」蘇曉白努力把思春中的人類會有的情狀逐一扒拉出來。

「你是想說小陽戀愛了？」

「……」要不要這麼敏銳？

「是誰？」

「不能說。」蘇曉白義正辭嚴，「這是別人的隱私。」

「……」靠靠靠！你是怎麼猜的？兄弟，幫忙猜個樂透明牌如何？

「是Tanya譚湘湘嗎？」

「你是說……小陽喜歡譚湘湘？」

「……」我什麼都沒說。心理陰暗的人，都擅長讀心術嗎？

「我知道了。」

「……」啊？你知道什麼了？

「小陽的事你別管了，我來處理。」

「小陽是我哥們兒，我怎麼能不管？」蘇曉白開始挽袖子。

「嗤！你連流產的事都搞不定，還有餘力多管閒事！」

「……」媽蛋！老子是男人！

「蘇曉白，你想在這行混下去，就要學會駕馭輿論。想要萬花叢中過，片葉不沾身，就要先壯大自己的實力和勢力。論背景，你還不夠看，但你的優勢是有個有錢的金主，宸宇就是你最好的保護傘，但是論實力，你屁也不是。如果你不先養好自己的實力，別說輿論會踩死你，宸宇就會先放棄你。」

蘇曉白愣了愣，心理變態突然化身人生導師，畫風轉得太快，他不敢看。

「尚宣之，你……」

「不用感動，就當我一時善心大發。」

「不是，我就是想問問，你是不是……被穿越了？」

「……」

「我認識的尚宣之是嘴賤舌毒、憤世嫉俗、小肚雞腸、陰險不堪，人前好人人後損人，沒事還愛戳戳人。尚宣之，你該不會是受到什麼刺激了吧？」最後一句問得小心翼翼。

回答他的，是啪的掛斷電話聲。

喂，別掛啊！先告訴我樂透這期開幾號……呸呸呸，不對不對，告訴我你是怎麼猜的，你怎麼知道小陽喜歡的人是誰？你們兩個是不是發生了什麼我不知道的事？

蘇曉白砰的大字形仰躺到沙發上，尚宣之說的他怎會不懂，可是羅馬不是一天造成的，能力也不是短時間可以學成的。他承認他很在乎別人的眼光，但那也是因為他沒底氣啊，王八蛋！

韓越走出房間時，就看到一條白嫩嫩的蟲子埋在沙發上蠕動，還散發著幽暗的頹廢氣息。

不知道該說什麼，只好來了句：「你是不是該減肥了？」

蘇曉白的膝蓋瞬間中了好幾枝箭，頭上的烏雲變得更厚了。

「我只是不夠高，看起來才不瘦，我的體重在標準範圍內。」蘇曉白眼神含怨地看過來。

韓越咳了兩聲，實在是他在伸展台上打滾久了，看到的都是腿長手長身材修長的骨感麗人，以致於他的審美也被稍微帶歪了。

他尷尬得想走開，可是剛才在房裡把人家意淫了一番，總覺得有些內疚，再加上這小子明顯遇到了什麼難事，全身散發著濃濃的「閨怨」，這幾日累積起來的相處情誼，讓他不好意思像從前那樣視而不見。

於是，他坐了下來，若無其事地問道：「你想不想聊聊人生？」

聞言，蘇曉白見鬼似的睜大眼睛瞪著他。

今天是什麼日子，一個兩個都不正常了？

先是尚宣之，現在是男神，穿越流行批發嗎？

韓越霍地站起身想走，他就不應該做不習慣的事，去他娘的人生！

蘇曉白猛地飛身撲上去抱住男神的大腿，「師兄不要走，你的師弟需要你！」說著，還用頭在男神大腿根部蹭了蹭，以顯示他的急切。

韓越被蘇曉白磨蹭得褲襠裡的灼熱又開始有抬頭的跡象，連忙一巴掌推開蘇曉白的臉，忍耐著踹他的衝動，聲音平板地說道：「有話好好說，不要動手動腳的。」

蘇曉白立刻彈了起來，雙腿跪坐在沙發上，恭恭敬敬地應道：「是，師兄坐。」

「……說吧，有什麼事？」

蘇曉白瞄了瞄男神，男神真是開門見山啊，連醞釀情緒的時間都不給，他還想著要使出哀兵政策呢！先哭個兩聲，闡述身為新人的不易和艱難，待男神有所動

搖，再吹捧男神一下，讓他龍心大悅，自己才好提出正題。

「沒事？」

「有，當然有事。」蘇曉白掙扎了一下，最後梗起脖子道：「關於那個在天王背後的女人的緋聞，流產什麼的，真是傳得太過分了，簡直是有損師兄高大上的形象……」

「莫須有的抹黑，我不在意。」

簡單的一句話，把蘇曉白的「正題」堵在喉嚨裡。

你不在意，我很在意啊！

「還要聊什麼？」韓越板著臉問道。

「……」愚蠢的凡人掩面敗退。

跟男神聊人生什麼的，難度實在太高，他還沒點擊這個技能。

蘇曉白很憂傷電波沒能跟男神接上，他的哥們兒于向陽也很鬱悶自己的人生不被理解。

尚宣之在吉星的員工宿舍逮到了于向陽，最近于向陽似乎是在躲他，之前于向陽常往他的住處跑，借他的錄音室、舞蹈練習室，甚至住他家，可是不知從何時開始，他開始會找藉口說不方便去，彷彿是從……他在譚湘湘的MV裡客串之後，態度就變得很奇怪。

「你喜歡譚湘湘？」

尚宣之的直白讓于向陽微愣，隨即漲紅了臉，不自在地別開臉，緊抿著唇不說話。

「她不適合你，你死心吧。」尚宣之冷冷地說道。

于向陽猛然看向尚宣之，「你想說我配不上她嗎？」

態度之倔強，語氣之僵硬，還有從未見過的怒容，讓尚宣之詫異。

他認知裡的于向陽是個單純到近乎蠢的大孩子，總是燦笑迎人，永遠沒有煩惱，從來不把別人往歪處想，跟他的死黨蘇曉白有些像，卻又比蘇曉白更陽光更天真，也更溫暖，所以乍然看到于向陽變臉，他極是不習慣。

于向陽就該是那個被他哄，被他糊弄的傻子才對。

「我沒這麼想，只是你跟她確實不配。不是配不配得上的問題，而是適不適合的問題。」尚宣之不喜歡于向陽突如其來的轉變，不快地說道：「如果你不想受傷，趁還沒陷得太深，趕緊抽身吧。」

于向陽嘲諷地道：「想抽身就抽身，那還叫愛情嗎？」

尚宣之瞇眼，「你喝酒了？」靠近于向陽，才聞到他身上淡淡的酒氣。

「……」

尚宣之怒道：「混帳！你是以為你還不夠紅，沒有記者會盯你，所以才敢酗酒嗎？于向陽，你好樣的，竟敢把我之前跟你說的話當放屁！」說著，揪住他的衣領，惡狠狠地道：「為了一個破女人就把自己搞爛，你可真有出息！」

于向陽看著尚宣之因憤怒而略顯豔麗的面孔，窒了窒，隨即用力推開他，「你不懂。」

「呸！我他媽的不想懂！」尚宣之一改平日笑容溫煦的模樣，冰冷地說道：「我告訴你，譚湘湘早就有男朋友了，人家還是大企業的公子哥兒，如果你以為她會放棄金山來遷就你這個一窮二白的傻瓜蛋，那你就繼續作死吧！」

尚宣之撂下尖酸刻薄的話，轉身憤憤而去。

于向陽沉著臉看著尚宣之的背影，用力踢了門板一下，啐了句：「媽的！」

蘇曉白不知道他的哥們兒那邊有多麼狂風暴雨，在接到姚安娜的來電之後，他頭頂的烏雲立刻消失殆盡，全身沐浴在燦亮的陽光之中，眉眼笑得都快彎成圈了，一點風雨也沒有。

就連男神罵他白痴，聽起來都像是讚美。

男神：「……」

背靠大樹好乘涼啊！

姚安娜把他的一系列宣傳照寄給她熟識的國產品牌服飾老總。那個品牌近期有新裝準備推出，正想找本土藝人代言，但礙於預算有限，請不起大牌，便想反其道而行請新面孔。

蘇曉白的氣質與該品牌的形象頗契合，於是，姚安娜順理成章幫他敲下了這個工作。

這是蘇曉白入行以來正式接到的以他為主的工作。

與以前的群眾演員不同，也不是頂替別人的通告，是真正衝著他來的。

加入宸宇藝能之後，姚安娜不讓蘇曉白到處試鏡跑龍套，而是寧缺勿濫。寧願把他暫時雪藏，也不願見縫插針，隨意露臉，免得貶低他的身價。當然，也只有宸宇有這樣的財力和底蘊養閒人。

一連幾天，他渾身都煥發著溫和的光輝，再來一輪長短錯落的放射線，他就能

升天了。

「只是個沒聽過的品牌，有必要這麼高興嗎？」韓越皺眉。

「你不懂。」咦，這話好耳熟……算了，蘇曉白振振有辭地說道：「千里之行，始於足下。一口吃不成胖子。凡事不能好高騖遠，最後容易一無所成。」

「……」懂懂懂！不過就是你目前只能接到這種小工作而已。

韓越見蘇曉白捧著服裝雜誌目不轉睛地看著，猶豫了一下，問道：「要不……我幫你介紹工作？我認識不少國際企業的老闆……」

「不用了，」蘇曉白果斷地婉拒，握著小拳頭鬥志高昂地說道：「我要靠自己的實力贏得工作機會。你看著吧，總有一天，我也能憑著自己的本事站上國際舞台。」

韓越瞥了蘇曉白的小身板兩眼，搖了搖頭，「看不出來。」

「……你看錯了。」

處於亢奮狀態的蘇曉白，沒發現原本生人勿近的男神，竟然主動發話要幫他的神轉變，而是把注意力放在自家兄弟上。沒辦法，一個是BOSS，一個是哥們兒，孰輕孰重，一目瞭然。

自從尚宣之說要自己處理于向陽的事之後，他就一直在等回音，偏偏那兩個人沒一個有動靜，讓他忍不住只要想起這事，就像無頭蒼蠅般在屋裡打轉。

「你又想聊聊人生了？」韓越莫名其妙，最近好像沒什麼事吧？他記得蘇曉白許久沒去刷FB裝逼了，還能有什麼事可以打擊得到他？

蘇曉白遲疑了一下，還是搖搖頭，于向陽跟男神完全沒關係，說了也無濟於事，更何況還牽涉到人家的隱私。之前告訴尚宣之是不得已的，至少他認識于向陽。

「真的沒事？」

「嗯，只是一點感情上的問題，不是什麼大事。」

聽到「感情」兩個字，韓越端著咖啡正要舉起的手頓了頓，接著故作輕描淡寫地問道：「你的感情問題嗎？」

「不是，是我朋友。」

蘇曉白心不在焉的，沒留意到韓越打量的目光。

剛才打了兩人的電話，都無人接聽，想了想，蘇曉白拿起手機分別發簡訊給兩人，結果等了半天還是無人回覆，這是搞什麼鬼呢？昨天也是這樣，讓他白等了一天。

蘇曉白抿抿嘴，重新發了一封跟之前內容完全無關的簡訊給尚宣之。

『我拿到一個服裝代言的工作了，哈哈哈！』

雖然覺得這種示威的行為有些幼稚，但他還是試探性地發了出去。

結果半小時後竟然真的收到尚宣之的回覆。

『恭喜，到時候你就會知道自己有多無能了。』

「……」看到你依舊這麼陰暗，我就放心了……

他這個局外人一頭熱，當事人卻不痛不癢，真讓人心塞，不過，心塞歸心塞，讓他心心念念的服裝代言拍攝日子還是到來了。

根據宸宇出面為他簽訂的合約，他一共要拍攝兩組冬裝宣傳照，一組是運動服，一組是以毛衣和保暖棉褲為主的休閒服。

而他到了攝影棚才發現，代言人其實有兩位，除了他之外，還有另一個是剛出道不久的新人汪志洋。

說是新人，但其實已經小有名氣。和尚宣之一樣，同樣是以唱歌為主的偶像歌手汪志洋，只是比起尚宣之來，算是名副其實的新人，但比起蘇曉白來，稱他一聲前輩都不為過。

以外型來分類，二十四歲的汪志洋是屬於狂野系的，濃眉大眼，氣質狙獷，走的歌路也多是電音搖滾。比汪志洋小三歲多的蘇曉白，則是屬於清新系的。長相雖不算是精緻，卻是清新可人，尤其一雙眼睛極是澄澈，微笑時彷彿洋溢著甜甜的氣息，讓人第一眼就心生好感。

廠商也是煞費苦心，才找來長相和氣質截然不同的兩人搭配，希望能突顯出服裝的多面性。

得知要和陌生人一起入鏡，蘇曉白感到忐忑不安，擔心自己又犯蠢，搞砸了好不容易得到的工作，所幸汪志洋的積極主動彌補了他的靦腆，在他還在猶豫要拿「今天天氣不錯」還是「你吃飽了沒」當作開場白寒暄時，汪志洋已經咧著一口白牙，伸出手笑著道：「你好，我是『新世紀娛樂』的汪志洋，接下來幾天請多多指教。」

蘇曉白鬆了一口氣，趕緊握住對方的手，「你好，我是『宸宇藝能』的蘇曉白，曉是破曉的曉，不是大小的小。」說完，蘇曉白就對自己無語了，最後一句是多餘的。

「宸宇？」汪志洋有些驚訝，隨即又道：「曉白行啊，宸宇可是出了不少名人。」

蘇曉白心虛地「呵呵」，他是無辜的。

因為都沒有經紀人跟著，年紀又都差不多，所以蘇曉白很快就和汪志洋就聊得熱火朝天。

廠商的企畫人員見狀也鬆了一口氣，兩人的個人服裝宣傳照是之後另找時間各自拍的，今天第一天上陣，就要拍合體宣傳照，眾人都擔心兩人不熟，拍出來的畫面不夠協調，現在倒是不用擔心了。

只是，別人不擔心，蘇曉白反而擔心起自己來。

雖然他看了不少服裝雜誌，做了不少功課，還厚著臉皮拽著男神指點自己幾句，但一站到攝影機前，仍是不可避免的動作僵硬。

攝影師試著說笑話緩解他的緊繃，汪志洋也在旁邊頻頻和他說話，過了大半天，蘇曉白才能慢慢自然地面對鏡頭，自然地擺動手腳，可也因為浪費了不少時間，所以影響了拍攝進度。

蘇曉白覺得很羞愧，主動表示會跟公司溝通，配合增加拍攝時間。

汪志洋附和地說他沒問題，願意配合。

蘇曉白深深地覺得自己非常幸運，第一份正式工作就遇到了那麼好的搭檔，以致於他第一天的拍攝結束回到住處後，還把汪志洋掛在嘴邊。

韓越有些不高興，汪志洋是什麼東西！

「他不是東西，他是好人。」蘇曉白嚴肅地反駁，完全沒發現自己的語病。

「……」你是存心想氣我是吧？

蘇曉白不明白韓越在生什麼氣，只得好聲好氣地解釋道：「你知道的，我就是一個沒後臺可以依靠的人，做任何事難免要戰戰兢兢。現在是人家挑我，可不是我挑人家，沒點眼色不行。好在出外靠朋友，好不容易遇到這麼和善的人，我當然要好好跟他打好關係，說不定以後有事還得靠他呢！」

「……」什麼叫以後有事要靠那個什麼洋？我不是人嗎？

韓越非常非常不高興，因為蘇曉白直到第三天回來，還是把汪志洋掛在嘴邊，而且次數越來越多，多到他都想不起來要幫他按摩了。

這嚴重影響了他的權益，他立刻打電話給消基會……咳咳，是打給King。

「把蘇曉白現在的工作取消，換一個給他。」

韓越一句廢話都沒多說，弄得陸競宸有聽沒有懂，「什麼工作？他現在的工作都是Tina在管，我哪有時間？你倒是說說為什麼要讓他換工作？」

啪！韓越乾脆俐落地掛斷電話。

「……」他娘的，我是你老闆，你好歹發揮一下敬老尊賢的美德！

韓越馬上又撥電話給姚安娜，姚安娜聽完他的話，直接撂了句：「少無理取鬧，一邊玩兒去！」就啪的掐斷通話。

「……」他娘的，自從不做我的經紀人之後，妳變得更囂張了！

陸競宸如果知道他這麼想，肯定會回他一句：「有你囂張嗎？」

蘇曉白不知道男神正在背後扯他後腿，他和汪志洋的革命情誼正在急速升溫，到了兩人合體拍攝的最後一天，汪志洋主動邀請他晚上工作結束後，一起去吃飯小聚。

只是遲疑一下，蘇曉白就答應了。不過，他不止是藝人，同時還是韓越的助理，不跟他知會一聲就擅自跑去跟別人聚餐，說不過去。

接到蘇曉白電話的韓越，臉色變得不太好看，幸好蘇曉白看不到，不然別說是跟朋友去吃飯，就連上廁所他都上趕著報備了。

不過，蘇曉白見韓越遲遲不應聲，也猜出他應該是生氣了。

只是已經跟人家約好，不好毀約，當下硬著頭皮快速說道：「我吃完就回去，讓林嬸不用準備我的份。師兄吃飽早點休息，不用擔心我。」說完就立刻掐斷通話，免得男神開口說不讓他去，那就騎虎難下了。

蘇曉白收起手機，尷尬地對汪志洋笑了笑。

汪志洋之前聽蘇曉白提起過他還在當助理的事，所以也只是理解地回以一笑。

晚上，汪志洋和蘇曉白跑去一家據說是汪志洋老同學開的餐廳吃飯，汪志洋的老同學特地開了間包廂給他們。雖然蘇曉白沒名氣，但汪志洋走在路上還是會被圍觀。

晚餐的氣氛很輕鬆，兩人多是說些演藝圈的八卦，或是聊聊工作上的瑣事。蘇曉白是聽居多，畢竟他的閱歷和工作經歷都沒汪志洋多，所以大半時候是點頭微笑。

等到吃完飯，蘇曉白看了看手錶，九點半不到，他不由自主鬆了一口氣。還不算晚，等一下回去還能安撫家裡那尊越來越見傲嬌的男神。

汪志洋突然說道：「曉白，時間還早，我帶你去一家已經退出演藝圈的前輩開的店喝一杯，很多藝人都在那裡出沒。」

蘇曉白面露遲疑之色，汪志洋笑道：「喝一杯而已，花不了多少時間。」

蘇曉白沒去過夜店，再加上沒有事先上報，不由得有些退縮。

「這年頭哪個藝人沒去過夜店，你這樣扭扭捏捏的，別人會笑你沒見識喔！」汪志洋半開玩笑地勸說。

被這麼一激，蘇曉白當下就點頭了，不過，他還是背著汪志洋，偷偷發了簡訊回去，順便附上要去的夜店名字。至於男神看到之後會不會雷霆大怒，只好等回去再裝無辜糊弄了。

蘇曉白沒上過夜店，一直以為夜店就是那種壞人很多，有人在嗑藥有人在吸毒的不良場所，沒想到汪志洋帶他來的這間店完全出乎他的意料之外，不僅管制嚴格，內部裝潢也十分正派高雅。

兩人剛進門，就有專人負責檢查身分證，查看隨身物品是否藏有違禁品，危險物品也被禁止攜帶入場。蘇曉白又觀察了進出的人，發現沒人奇裝異服或是過度暴露。

汪志洋跟他解釋，一般的夜店控管很嚴格，警察也會不定期突襲檢查，比大家想像的安全。

偏聽偏信果然是不對的，夜店都被妖魔化了。

蘇曉白悄悄放鬆下來。

說是喝一杯，就真是喝一杯。

汪志洋領著蘇曉白到吧檯邊，讓調酒師調了杯酒精濃度不太高的水果酒給蘇曉白。

「嘗嘗看，這酒是Aurora的招牌，男人女人都愛喝。」Aurora，極光，是這店的名字。

汪志洋遞來一杯黃澄澄像果汁一樣的調酒，蘇曉白接過喝了一口，清爽微甜，酒味不是很濃，幾乎可以忽略不計，不禁點了點頭，「好喝！」

吧檯邊燈光昏黃，再加上人來人往，蘇曉白一時看得眼花繚亂，以致於沒有發現吧檯最邊角有人正皺著眉看著兩人。

「Shawn，你在看什麼？」有個女人嬌滴滴地偎在尚宣之身邊，塗著豔紅指甲油的指尖輕撫過尚宣之的領口，媚聲媚氣地問道。

尚宣之收回視線，淡淡地說道：「沒什麼，看到熟人而已。」

那女子見尚宣之沒有上前去寒暄的意思，就知道他想獨處，立刻抓住機會，嬌媚地道：「不如我們找個安靜的地方好好……聊聊。」最後兩個字拖長尾音，充滿曖昧的暗示。

「沒興趣，滾吧。」尚宣之面色冰冷。

那女子不甘心，還想再說什麼，尚宣之猛然站起身，往人群中走去，很快就不見蹤影。

與此同時，韓越收到了尚宣之傳來的簡訊：「Aurora，蘇曉白有危險。」

第六章

對著他，我才硬得起來

蘇曉白覺得汪志洋幫他點的水果酒很爽口，不知不覺就喝完了一杯。酒精濃度果然不太高，喝完了滿滿的一杯，他還是很清醒，完全沒有醉酒的跡象。

汪志洋又幫他要了一杯，蘇曉白本想推拒，擔心等一下醉得回不去，可是不好拂了人家的好意，又想這酒的度數不高，再喝一杯應該沒事。

兩人坐了一會兒，汪志洋忽然說看到朋友，要過去打個招呼，很快就回來。

蘇曉白一邊啜飲著甜甜的水果酒，一邊隨店裡播放的音樂搖頭晃腦，甚是放鬆，也沒在意。

等到第二杯水果酒下肚，汪志洋還沒回來，他就急了。

再不回去，家裡的某人就要發飆了。

蘇曉白東張西望，天花板的LED彩燈變幻不定，周遭又是各色男男女女，要找人何其困難，他掃視了大半天，也沒看到汪志洋的身影。拿起手機想要打給他，卻發現自己一直以來根本沒有他的手機號碼。

他開始發慌，從高腳椅上跳了下來，忽然一陣天旋地轉，身體晃了晃，差點站立不穩。

幸虧及時扶住吧檯，才沒有摔倒，可是突如其來的眩暈，讓他久久不敢放開手。

就在這時，身體開始微微發熱，而且莫名其妙感到焦躁起來。

他不知道這酒的後勁會那麼強，早知道就不要貪杯……

「請問你是蘇曉白嗎？」

蘇曉白勉強抬頭看向來人，視線有些模糊，但還是能看得清楚。

來人是個頗斯文的男子，戴著無框眼鏡，半長的頭髮在脖子後方紮了撮小馬尾。

「我是志洋的朋友，他有事被絆住了，一時回不來，就請我來跟你說一聲，帶你過去找他。」男子說得不疾不徐，彷彿沒見到蘇曉白的異樣。

蘇曉白閉了閉眼睛，努力想忽略身體越升越高的熱度，片刻才道：「能不能幫我轉告他，我覺得不太舒服，先回去了，改天再跟他聯絡。」

小馬尾微皺眉頭，「你還是自己去跟他說，我答應他帶你過去，不能言而無信。」

蘇曉白想搖頭，可是稍微一動頭就暈，只得說道：「好，我跟你走。」

小馬尾點了點頭，逕自轉身朝裡面走去。

蘇曉白是第一次來，根本不知道店裡有哪些地方，只好緊緊跟在對方後面。

可是越走越覺得不對勁，越往裡走人越少，終於在撐著走到一條鮮有人來的長廊上時，他扶著牆壁停下腳步喘氣。

小馬尾見他忽然停下，也不奇怪，而是指著廊道盡頭，催促道：「快到了，就在前面，志洋在裡面的包廂等你。」

蘇曉白慢吞吞地道：「我的頭有點暈，讓我休息一下。」頓了頓，又道：「我在這裡坐一會兒，你去請志洋過來好嗎？我走不動了。」

小馬尾抿嘴，有些不耐煩，「再走兩步就到了，幹麼要那麼麻煩？」

蘇曉白閉上眼睛沒說話，一副準備要賴到底的架勢。

小馬尾想上前直接拖他走，忽然想起什麼似的，又退了回去。

他看了看走廊盡頭的方向，又看了看虛弱得快癱在地上的蘇曉白，低聲罵了句：「哼，懶人屎尿多！」然後就逕自往前走去。

蘇曉白差點笑出聲，不過在小馬尾消失在盡頭後，他立刻一改盡力裝出的柔弱姿態，往剛才來時的方向快步走。

事實上，也不完全算是裝的，他的頭還是很暈，體內的熱度還是未消退，焦躁感更是越來越重，可是對危險的本能讓他硬是撐著小跑。

他看出了那個小馬尾有古怪，他不相信汪志洋會害他，他猜想著是不是有人藉著汪志洋的名義要對他不利。他下意識地不去想他和汪志洋結識的時間那麼短，除了汪志洋認識的人，還會有誰要陷害他。

蘇曉白拚命跑，好不容易跑到大廳，看到人群，擠進人群中，高懸的心才稍微放下。

回頭看了看，小馬尾和另一個人追了過來。不是汪志洋，他鬆了一口氣，不是他就好。如果是，他會很難過。

蘇曉白想跑出夜店，可是他沒力氣了，他察覺身體裡的血液開始往下腹部流去，意識也開始模糊。

為了壓抑生理反應，他學著電視劇演的那樣，在口袋裡翻找尖銳的東西，想拿來刺自己，好讓自己清醒些。

然而，找了半天，只找到鑰匙串，不得已，只好拿起其中一支鑰匙往大腿用力戳了下去。

媽蛋！褲管沒刺破，大腿也沒刺破，但他已經痛得眼角滴出淚來了。

他的雙手和雙腳微微抽搐著，強撐著爬到吧檯邊角後方的陰暗處坐了下了，緊緊抱著自己，縮成一團，怕被發現。

蘇曉白不敢聲張，也不敢找服務生，他不知道店裡的人是好是壞，即使外表看起來很氣派，即使來去的男女看起來很正派，可是，他還是中招了。

褲襠裡的小兄弟脹得很痛，越來越痛，他想拿鑰匙戳它，又怕戳了就絕子絕孫。

本來他想打手機回去求救，卻在小馬尾找來時發現手機不見了，不知道掉在哪裡，不知道男神有沒有找他，他一定很生氣吧……

蘇曉白拿起鑰匙朝大腿根部又戳了一下，差點痛叫出聲，幸好及時咬著嘴唇忍住了。

大廳裡的音樂很大聲，但是他只覺得耳邊嗡嗡作響，什麼也聽不清楚。

忍了又忍，直到再也克制不住，他的手顫巍巍地摸上了又熱又鼓的小兄弟，順著本能需求，隔著褲襠，開始急速擼動起來。

身體的焦躁讓他無法掌握力道，快感伴隨著一陣陣刺痛湧上來，刺激著他緊繃的神經。

好不容易褲襠濕了一片，他的小兄弟還是神氣活現地抬著頭，於是，他被迫又拿鑰匙往大腿根部刺了下去……

蘇曉白覺得自己的五感好像都喪失了，什麼都看不見，什麼都聽不到，也感覺不到痛，即使褲襠處已經染了大半鮮血和精液，他還是無所知覺，只是拿著鑰匙拚命往大腿根部戳。

不知過了多久，恍惚間，他好像看到了男神鐵青的臉。

男神果然生氣了，誰叫他不聽話，沒有準時回家，還偷偷跑來夜店。

真懷念男神罵他白痴的樣子啊……

韓越確實很生氣，恨不把始作俑者大卸八塊。

而始作俑者這時正在夜店後的死巷裡跟堵住他退路的人對峙，而堵住他退路的不是別人，正是不知從哪兒冒出來的尚宣之。

尚宣之冷冷地道：「于總知道你急著找死嗎？」

于總是新世紀娛樂的老闆，在演藝圈中也是一號人物。

「尚宣之，你什麼時候改行當好人好事代表了？我勸你少管閒事，別以為你的手腳就比我乾淨，誰不知道你做了多少骯髒事。跟你比起來，我是好得不能再好了。」汪志洋面色不善地道：「讓開，別擋本大爺的路！」

「既然你都說我這麼壞了，那麼我再多做一樁壞事，想必也沒人介意。」尚宣之挑眉道。

「尚宣之，你是傻子，還是笨蛋，憑你一個人就想擋住我？你以為我沒有幫手嗎？」汪志洋嗤笑，語氣非常不屑。

「不如我們在這裡等你的幫手，到時再看看他們還有沒有手幫你。」

「你……你把他們怎麼樣了？」汪志洋臉色陡然變得難看，那幾人當中有一個是他表弟。

「你說呢？」尚宣之挑釁地笑道。

汪志洋咬牙道：「尚宣之，你敢動他們，我就讓你好看！」

「那你沒機會了，因為動他們的不是我。」尚宣之聳了聳肩，「那小子不是我的人，我犯不著為他賠上自己。」

「不是你的人？那你為什麼要堵在這裡？」汪志洋冷哼。

「這條巷子不是你家的吧？」

「操！尚宣之，你要我嗎？」

「要你又如何？」

「不如何，只是……」汪志洋從背後抽出一把小刀，一步步走向尚宣之，走到離他幾步遠，猛地舉起刀子刺向尚宣之，「老子要你的命！」

尚宣之動也沒動，連眼睛都沒眨一下，在汪志洋的刀只差幾釐米就刺中他時，兩個高頭大馬的壯漢突然從黑暗裡衝出來，一個踢飛汪志洋的刀，一個踢飛汪志洋的人。

汪志洋被踢得摔了出去，撞到牆壁後，噴了一大口血，才掉到地上。

隨後黑暗之中又走出了一個人來。

來人英俊但冷漠，內斂卻又霸氣側漏，正是宸宇藝能的終極BOSS陸競宸。

陸競宸對兩個壯漢點頭示意，兩個壯漢就上前一左一右將汪志洋架了起來。

汪志洋撞擊牆壁的力道太大，胸口氣血翻湧，一時說不出話，只能恨恨地瞪著陸競宸。

陸競宸連罵都懶得罵，只是擺了擺手，兩個壯漢就將人拖走。

「就這麼放過他？」尚宣之皺眉，他以為陸總會先命人將汪志洋打個半死，再處理他。

陸競宸瞄了尚宣之一眼，推了推眼鏡，淡淡地道：「有人要我把汪志洋留給他。」

尚宣之秒懂，也就是說，把汪志洋打個半死的另有其人。

陸總沒變，依然還是那個心狠手更狠的陸大總裁。

「你為什麼要幫蘇曉白？」陸競宸問道。

尚宣之默了一下，避重就輕地道：「路過而已。」

陸競宸點點頭，也沒追問，轉身走了幾步，忽然停下腳步，說道：「你跟『偉達』卡著的那個代言，我會幫你跟他們的老闆打個招呼，我跟他有些交情。」說完，也不等回應，就逕自離開了。

尚宣之微愣，隨即笑了起來。

他是宸宇的棄子，卻沒想到陸總竟然還關注著他的動向，甚至出手幫他。

其實陸總也沒他想像中的那樣冷酷無情嘛……

陸競宸一點也不在意自己冷不冷酷，當他十萬火急趕到醫院時，沒看到被折騰得不成人形的蘇曉白，而是先看到坐在病房外的韓越正面罩寒霜地吞雲吐霧。

陸競宸走過去抽出他手上的菸，在旁邊的垃圾桶上拈熄，「醫院禁止抽菸。」

幸好他訂的是ＶＩＰ病房，沒有閒雜人等往來。

「蘇曉白沒事吧？」

韓越充耳不聞，頭微微後仰，靠著走廊牆壁，閉眼不語。

陸競宸在他旁邊坐下來，「我讓人把汪志洋關起來了。」頓了頓，又道：「如果你想知道他陷害蘇曉白的理由，見了他就知道了。」

韓越冷笑。

理由？

他不需要理由，敢動他的人，就要有必死的覺悟。

陸競宸很想翻白眼，但這個輕佻的動作不符合他的身分，所以他忍住了。

兩人在一起混了那麼久，他哪裡會猜不到韓越的心思，於是，警告道：「喂，適可而止啊，把他打個半死就夠了，難道你還想要他的命不成？」

可惜尚宣之不在這裡，不然肯定會翻白眼，半死不活比被活活打死痛苦千百倍。什麼叫打個半死就夠了，好像是施了多大的恩惠似的。

見韓越不吭聲，陸競宸暗想，到時候他得在旁邊看著，至少讓汪志洋留下一口氣。

為了這種人髒了自己的手，一點都不值得。

陸競宸安撫地拍了拍韓越的肩膀，說道：「我去看看蘇曉白。」那個可憐的小白菜……

「他睡著了。」

聞言，陸競宸又坐了回去。

「他怎麼樣了？傷得重嗎？」

「嘴唇咬破了，舌頭也咬了……」韓越木木然地道：「那裡也……差點斷子絕孫……」

陸競宸噎了一下，斷子絕孫的形容詞實在是太……太絕了。

「算了，至少是他自己折騰自己，不是被別人糟蹋，這也算是幸事了。」

來醫院的路上，他已經在電話裡聽姚安娜報告了蘇曉白大致的狀況。

「都還沒輪到我糟蹋，他就把自己折騰得差點斷子絕孫，那些人都該死。」韓越的話說得輕飄飄的，最後那句卻飽含殺氣。

陸競宸被他的第一句話狠狠地嗆到了。

推了推眼鏡，陸競宸說道：「總而言之，人我先給你留著，等到蘇曉白康復，你想怎麼折磨他們都隨你，只是在這之前，你給我安分些，別鬧出什麼事來。」

韓越不滿地斜睨著他，「我還要照顧病人，哪有精力做別的事？」

陸競宸又想翻白眼了，你這輩子有照顧過人嗎？

不過，見韓越那副平靜得可怕的尊容，他不想再刺激他了。

「我先回去了，有事再打電話給我。」陸競宸站起身，整了整略微凌亂的衣服，才又說道：「最好不要有事，你一打來準沒好事。」

走出幾步，陸競宸突然回頭問道：「你是什麼時候喜歡上他的？」

他問的是什麼時候，而非是不是。

聽他這麼問，韓越沒感覺驚訝，表情也沒有任何波動，還淡淡地答道：「忘了。」

「那……以後該怎麼辦？」

「不知道。」

陸競宸沉默了片刻，說道：「你知道嗎？如果蘇曉白真的跟你在一起，那他不用折騰自己，一樣會『斷子絕孫』。」

「……」媽的！

☆ ☆ ☆

蘇曉白認真地考慮是否真的要去改運了，不然，為什麼星途還沒打開，便禍事不斷？

尤其是這次的禍事，讓他把自己折騰得差點就斷子絕孫。

他是身心健全的男大學生，也偷偷看過A片，對著片中的女星擼過小兄弟，但那跟被下藥之後擼到幾乎要把孫子、曾孫、玄孫擼出來是兩回事啊！更別說若是救兵再晚來一些，他可能什麼孫都沒了，直接斷子絕孫。

男人不怕死，就怕被斷了子孫根。

用不用姑且不論，但若是被搞到不能人道，他不如直接撸到趴。

所幸，同樣惦記著「他還沒用過，不能被別人糟蹋」的救兵，千鈞一髮及時趕到，保住了蘇曉白的孫子、曾孫和玄孫等各種孫。

可惜，蘇曉白不知道的是，這個救兵很快就會以另一種方式讓他「斷子絕孫」。

韓越無奈地看著躺在病床上的蘇曉白從清醒過來之後便開始神遊，於是直接把插著吸管的杯子遞到他嘴邊，以命令的口吻說道：「喝水。」

蘇曉白這時才回過神，看了男神一眼，乖乖地喝水。

嘴巴的傷口一碰到水，立刻疼得他面孔扭曲地嘶了幾聲。

「真醜！」韓越罵了句，蘇曉白的慘狀讓他很是鬱悶，一股無名火在胸口憋著。

蘇曉白溫吞地應道：「哦。」

韓越更悶了，這小子別的不會，就會賣乖，偏偏他現在還就吃他這套。

「你現在只能吃流質的東西，在醫院住三天，之後再帶你回去休養。」

「哦。」

「你有什麼想吃的東西就說，我讓Tina買來給你。」

「哦。」這是把Tina姊當傭人使喚了？可憐的Tina姊，都不當經紀人了，還被抓來跑腿。不過，Tina姊不會把這筆帳算到他頭上吧？

韓越敲了他的腦袋一記，「養病期間，少胡思亂想。」

看蘇曉白眼珠骨碌碌地轉，就知道他又在想些亂七八糟的東西。

「哦。」

「你的嘴唇和舌頭都有傷，盡量少說話。」

「哦。」

「有什麼需要就跟我說，這幾天我會待在你身邊。」

「哦。」不是要少說話嗎？

「還有那個汪志洋的事……」

聽到這個名字，蘇曉白連忙爬起來，結果兩大腿根部和中間都傳來陣陣的刺痛，讓他猛地嘶了長長的一聲，疼得眼淚差點掉出來。

「活該！」韓越怒罵道，還是上前伸手到蘇曉白腋下，將他托起，讓他背靠著床頭坐著。

蘇曉白眼巴巴地看著男神，等著下文，可是男神卻只是簡單地說了句：「已經不用擔心他了，以後他沒辦法再找你麻煩了。」頓了頓，又道：「有我在，沒人敢找你麻煩。」

蘇曉白一臉疑惑，所以男神是把汪志洋怎麼樣了？

像是知道蘇曉白在想什麼，韓越淡然道：「也沒什麼，就是廢了他而已。」

他當然不可能跟蘇曉白說他不止把汪志洋揍個半死，揍得連他爹媽都不認識，揍得他渾身上下沒有一塊完整的地方，然後踩廢了他的子孫根，最後要陸競宸讓人挑斷他的手腳筋。

理由？他做事一向不需要理由，揍人也是。

所以，陸競宸一帶他到囚禁汪志洋的房間，他二話不說，上去就是一頓猛揍。

陸競宸在旁邊看著韓越打人，打得滿地是血，打得汪志洋從破口大罵到無聲呻吟，最後像條死狗一般，幾乎聲息，而他卻是連眼皮也沒掀一下。

他只要確保汪志洋還有一口氣在就好，其餘的事他都有辦法打點。

根據他讓人從汪志洋的同夥那邊逼問到的消息，汪志洋對蘇曉白無怨，卻是對韓越有恨。

原來汪志洋曾預定在某部電視劇飾演第二男主角，這是他從歌手跨足戲劇界的第一步，沒想到出師未捷，戲還沒開拍，就為了韓越的一句話，讓製作方臨時換人。

陸競宸問韓越是不是曾經跟某個製作人說某個演員演技太差不適合某個角色的話，韓越想都沒想，輕描淡寫地說道：「沒印象。」

陸競宸轉而讓人向那個製作人求證，結果那個製作人說韓越確實有說過這麼一句話，那是韓越不知道去他們公司找誰時，剛好看到汪志洋的試鏡錄影，然後隨口說的。

而人家決定換演員，不僅僅是因為韓越的一句話，更因為贊助商的大股東與新世紀娛樂的老闆有心結，最後才寧願賠錢解約。

新世紀娛樂的老闆當然不可能跟旗下的小藝人解釋，所以汪志洋一直認為罪魁禍首是韓越。於是在得知蘇曉白是韓越的助理時，便想要藉著陷害蘇曉白來打擊韓越。

也就是說，整起禍事裡，最無辜的人是差點斷子絕孫的蘇曉白。

知道事情的真相，陸競宸也無言了，甚至在考慮要不要讓姚安娜再帶蘇曉白那個可憐的小白菜去收個驚，然後改個運了。

蘇曉白見韓越不想多談，便也沒有追問，問多了都是傷都是淚。

韓越看不得蘇曉白為了一個人渣情緒低落，就去拿了藥膏過來，說要幫他擦藥。

蘇曉白看韓越要來掀他的棉被，嚇得緊緊揪著棉被不放。

剛才他坐起身時，已經發現自己沒穿褲子，棉被一掀，就會當場走光，他可沒有遛鳥的嗜好，尤其是在他家小兄弟此刻傷痕累累，沒辦法雄赳赳氣昂昂的狀態之下，那實在太打擊男人的自尊心了。

「你把藥給我，我自己擦就好。」蘇曉白一臉防備地盯著韓越，彷彿他是要強上小白菜的大野狼。

「你受傷了，不方便。」

「我的手沒受傷。」

韓越定定地看了蘇曉白好一會兒，然後聲音平板地說道：「擼傷了。」

「……」禽獸！

禽獸無視蘇曉白的反抗，用力扯掉棉被，蘇曉白驚得連忙用手去護住自家的小兄弟。

「有什麼好捂的，怕我吃了它不成？」

「……」下流！

下流的禽獸用手撫著下巴，眼睛微瞇地打量著蘇曉白，突然說道：「你在害羞？」

都是男人，蘇曉白本也沒覺得羞不羞，但被男神這麼一說，他反而感到不自在起來。

「放心，你現在有傷，我不會對你亂來。」

韓越的表情很正經，但蘇曉白還是捂著不放。

「不擦藥的話，就真的要廢了。」

蘇曉白被說得遲疑起來。

韓越繼續無恥地哄道：「你有的我也有，難道你的會比我的有看頭？」

蘇曉白被帶歪了，不由自主地往男神的褲襠看去。

韓越察覺到他的視線，刻意挺了挺腹部，大大方方地任蘇曉白看。

人家那麼坦然，蘇曉白倒是有些不好意思了。

掙扎了一下，最後慢慢移開了手，只是心虛地別開目光，不敢跟男神對視。

事實上，蘇曉白家的小兄弟蔫蔫地藏在黑色密林中，再加上四周有長長短短的猙獰傷疤掩護，幾乎是看不到小頭的。

韓越看著白花花的兩條腿根部遍布凹凸不平的傷痕，臉色頓時變得鐵青，有股去把汪志洋抓回來再毒打一遍的衝動。

他娘的！他都還沒摸到，就被別人給禍害了！

什麼旖旎心思，在這一刻全氣沒了。

韓越運了幾口氣，壓下怒火，趴在蘇曉白兩腿之間就開始抹起藥來。

雖然他的動作很輕柔，但一碰到傷口，蘇曉白還是刺痛得嘶了好幾聲。

韓越先塗了大腿根部處的大小傷口，費了好大一番功夫終於塗完，正準備揪出密林裡的小傢伙時，蘇曉白連忙按住他的手，尷尬地說道：「那裡我自己來。」

「你把它擼傷了，它現在不喜歡你，換我來。」

蘇曉白很驚恐。

高大上的男神，怎麼可能會說這種話？

韓越趁著蘇曉白呆愣的時候，大拇指和食指快狠準地掐住了某人的小兄弟。

小兄弟之前被主人擼得太狠，像被卡車反覆輾了好幾遍，現在還痠痛不堪，突然被人這麼一掐，它的主人猛然嘶地抓緊被角，淚眼汪汪地瞪大眼睛。

陸競宸打開門的時候，就是看到這麼一幕。

某人趴在小白菜的兩腿之間蠕動，小白菜眼眶裡含著兩泡淚，小模樣極是可憐。

陸競宸看了幾秒，淡定地退了出去，關上門。

在門外站了一會兒，然後低聲罵了句：「禽獸！」

正在痛並快樂著的蘇曉白，伸出的手僵在半空中，理智被震到九霄雲外。

眼睜睜看著陸總帶著瞭然的眼神退出去，他的心裡開始狂風暴雨。

親，你拿錯劇本了，快回來換啊！

在蘇曉白隨著風雨飄搖時，韓越塗完了藥，滿意地輕彈了小傢伙一下，說道：

「好了。」

小傢伙和它的主人被彈得一痛，不約而同朝他瞪了過來。

韓越瞄了蘇曉白大腿間微微挺起的小東西一眼，喉頭發緊，不自然地別開了頭。

蘇曉白哪裡知道男神心裡那些猥瑣的小心思，憤憤地拿起棉被蓋上，只覺得男神現在是在藉故欺負他，清算他收工後沒有直接回家的帳。

★ ★ ★

蘇曉白住院的第三天，于向陽匆匆趕來，進門一看到坐在病床邊削蘋果的韓越，愣在門邊。

韓越緊皺眉頭，不過不是因為看到于向陽，而是因為他正在跟蘋果奮戰。他不太會削蘋果，越削蘋果越小，幾乎快只剩果核了。

蘇曉白沉默地看著，不敢出言打擊他的積極性，能讓男神削蘋果的人，他大概是史上第一個，忍不住看了看那慘不忍睹的果核，想著他可能也是最後一個。

韓越像是不知道有人進來，削完果皮，拿著沒剩幾口果肉的果核看了下，然後面無表情地走了出去。自始至終沒看蘇曉白一眼，彷彿他削蘋果不是要給他似的。當然，經過于向陽身邊時，也視若無睹。

蘇曉白覺得很新奇，男神該不會是……害羞了吧？

跟男神同居越久，他發現自己好像在無意中點亮了「心有靈犀」的技能。

于向陽見韓越走出去，才趕緊走了過來，一臉歉疚地道：「曉白，對不起，現在才來看你。」

「沒關係，我想你應該也很忙。」

蘇曉白這句話沒什麼特別的意思，于向陽卻更是慚愧了。要不是前陣子他避接蘇曉白的電話，又刻意躲著他，也許別人就不會有機會陷害蘇曉白了。

「你怎麼知道我住院了？」蘇曉白好奇地道。

按理說，陸總和男神都不會聲張才對。

于向陽張了張嘴，好半天才低聲道：「是尚宣之告訴我的。」

「他怎麼會知道？」蘇曉白驚奇地睜大眼睛。

「我沒問。」于向陽搖搖頭。

蘇曉白忽然察覺于向陽的態度有些奇怪。

以前于向陽總是笑容迎人，可是他從進門到現在，整張臉彷彿蒙了一層陰影般的深沉，不像是因為擔心他受傷，而像是有什麼心事似的，鬱鬱寡歡。

「小陽，你是不是還在為譚湘湘的事煩惱？」蘇曉白試探地問道。

除此之外，他想不到別的理由了。小陽之前一直躲著他，肯定也是因為感情的問題。

于向陽垂向眼簾，拉來旁邊的椅子，在蘇曉白床邊坐下。

「曉白，你知道Shawn的事嗎？」于向陽答非所問。

蘇曉白愣了一下，才反應過來于向陽口中的Shawn是尚宣之。

于向陽理解地道：「私下大家都這麼叫他。」

蘇曉白點點頭，沒問那個「大家」是指誰。不過，兩人都混到「私下」了，可見于向陽和尚宣之之間的交情比他想像的還要深。

他有些擔心，小陽太單純了，不是尚宣之的對手。

「我只知道他進演藝圈之前很辛苦。」蘇曉白老實地答道。

這還是尚宣之在他面前「黑化」時自己說的。

「不只是辛苦。」于向陽陡然用一種回憶般的口吻說道：「他的苦，別人沒辦

法體會的。」

蘇曉白心裡猛地生出不太好的預感。

「曉白，我跟他一起洗澡的時候，才知道他有多苦。」

「……」媽蛋！都好到可以一起洗澡了，尚宣之那個小變態，竟然禍害他哥們兒！

于向陽像是想到什麼似的，停頓了片刻，才又說道：「曉白，Shawn的背上全是又細又長的鞭痕，一條一條的，把他的背劃得支離破碎，沒一處完好的地方。那些都不是新傷，是很久以前的舊傷了。」

蘇曉白呆住，當初尚宣之黑化時所說的毒打，難道是真的？

「曉白，我的心很疼！」

「……」

「看到他那樣，我的心真的很疼很疼！」于向陽的聲音很哀傷，表情很沉痛，「我不知道該怎麼幫他，不知道怎麼樣才能讓他開心。他對別人笑的時候，我知道那是裝出來的，他的心裡在哭。我感覺得到，他總是不開心。」

「……」那是當然的，他心理陰暗嘛！

「我不知道怎麼面對他，所以我逃走了。」

「……」真是坦率啊！

「我去找譚湘湘。」

「啊？」關譚湘湘什麼事？

「見了譚湘湘之後，我終於明白一件事。」

「難道你是因為尚宣之的事受到打擊，所以去尋求譚湘湘的安慰，最後……愛上了譚湘湘？」蘇曉白很快腦補出一系列的情節。

「不是。」于向陽正色道：「我終於看清自己的心意，我喜歡上Shawn了。」

靠靠靠！這是什麼神轉折？

你們把譚湘湘擺在哪裡了？從頭到尾，都看不出譚湘湘在裡面扮演的角色啊！

蘇曉白很艱難地問道：「譚湘湘拒絕你，所以你轉而喜歡上尚宣之？」

「不是，對著譚湘湘我硬不起來，但是跟Shawn一起睡的時候，我卻硬起來了。」

「……」媽蛋！我一點也不想聽這種事！

「本來我也很掙扎，想著自己怎麼可能會愛上男人，所以我開始躲著他，不跟他見面，可是不見面的時候，我更想他了。我想上他，我想跟他『做』，我知道自己愛上他了。曉白，你是不是覺得我喜歡男人很變態？」

不是，你不變態，你是禽獸！

不過，他當然不能這麼說，蘇曉白再次萬分艱難地答道：「我知道你也不願意……」

「不是，我很願意的，我喜歡他！」于向陽堅定地打斷他的話。

「……」還讓不讓人好好說話了？

「曉白，你是我的好兄弟，我不瞞你，雖然你也是男人，他也是男人，但我只當你是好兄弟，一點都不想上你，我只對他硬得起來。」

「……」阿彌陀佛！感謝天感謝地，感謝主耶穌，感謝耶和華！神愛世人！

「曉白，你不要難過，你一直都會是我的好兄弟。」

「……」是是是，咱們當一輩子的好兄弟就好，普天同慶啊！

直到今天，蘇曉白才知道自己的哥們兒有多麼豪邁。

從前只知道他個性耿直，有什麼說什麼，不會有彎彎繞繞的小心思，可是耿直到在他面前出櫃，讓他的心裡五味雜陳。

不知道是該為他對自己這個好兄弟不設防感到高興，還是該為他愛上那麼個心理變態感到擔心。

想到這裡，他突然問道：「尚宣之知道嗎？」

于向陽撓了撓頭，有些喪氣地道：「我沒說，我也是最近幾天才想通的。」

蘇曉白鬆了一口氣，心想：幸好你沒說，如果有個男人跑來跟我說他只對我硬得起來，我大概會當他是變態。

雖然不想干涉哥們兒的感情生活，但蘇曉白還是勸道：「小陽，還是……你再考慮考慮，跟尚宣之在一起會很辛苦的。」

姑且不論你們兩個都是男人，會受到世俗眼光的束縛，就說他是個心理變態，便不是一般人能夠應付得來的，沒人猜得到變態在想什麼。

「考慮也沒用，只有想到他，我才硬得起來。」于向陽嘆氣。

蘇曉白果斷地閉上嘴巴，他總不能說我來幫你擼擼看。

「曉白，我想跟Shawn告白。」于向陽突然說道。

蘇曉白第一次覺得跟哥們兒沒有共同語言，以前竟然還覺得哥們兒單純好說話，事實證明，一根筋的人才是最難對付的。做事說話都直接得沒有餘地，讓人好

難接話。

如果哥們兒告白的對象是女人，他會在後面幫忙搖旗吶喊，但哥們兒告白的對象卻是男人，這讓他想加油都感到蛋疼……哦，他現在是真的蛋疼沒錯，之前擼小兄弟太用力，連兩邊的蛋蛋也慘遭毒手。

「那……萬一尚宣之沒答應，你也不要難過，畢竟突然被一個男生表白，就算他心理變態，可能也會一時接受不了。」蘇曉白頓了一下，又說道：「如果你以後硬不起來，那就自己擼也行的。」

最後一句話，蘇曉白說得極為艱困。

尤其是在他把孫子、曾孫、玄孫都差點擼沒了之後，他對這種話題更是敏感。

「嗯，我知道，要是他不接受我的告白，我也不會勉強他，到時候我再回來找你。」

「……」媽蛋！不是我想的那個意思吧？

傾訴完自己的煩惱，于向陽瞬間神清氣爽，一掃滿臉陰霾，笑得跟陽光一樣燦爛地問道：「聽說你受傷了，你傷到哪裡，我看看。」

「……」神啊，請放您忠誠的信徒一馬吧？

好不容易送走于向陽，蘇曉白虛弱地癱在床上，覺得自家小兄弟好像又更蔫了。

想起哥們兒臨走前兩人的對話。

「曉白，謝謝你支持我。」

「……」並沒有。

「萬一有一天你也喜歡上男人，我會做你最堅實的後盾。」

「……」可以不要詛咒我嗎？

他怎麼可能會喜歡男人？

他喜歡的是香香的、軟軟的、嫩嫩的女人。

他不知道哥們兒為什麼會喜歡尚宣之，尚宣之是長得很漂亮，可畢竟不是真的女人。

他也不懂哥們兒為什麼只對尚宣之硬得起來，如果是他，他要喜歡也會是喜歡男神那樣的。

他記得男神的胸肌觸感很好，摸起來的感覺很舒服，讓他不自覺忘了移開手，而且剛才男神幫他的小兄弟抹藥時，他也不覺得反感，但若是換成哥們兒……

蘇曉白猛然顫了一下，他還是跟小陽做一輩子的好兄弟吧，他實在無法想像小

陽幫他擼管的樣子。那畫面太凶殘了，他完全不敢看。

可是，男神掐著他的小兄弟塗藥時，卻是那麼自然……

想到這裡，他突然覺得身體熱了起來，連忙甩了好幾下頭，企圖把那荒唐的想法甩掉。一定是剛才小陽在他面前說什麼硬不硬的，他才會胡思亂想。

蘇曉白在病房裡糾結的時候，韓越正在病房外的茶水間跟蘋果繼續纏鬥。

剛到醫院的陸競宸，還沒踏進病房就看到韓越窩在流理台前搗鼓什麼，走近一看，饒是平時淡定的他，也不禁微微愣住。這一看就知道是為某人削的，沒想到那個任性高傲的天王竟會紆尊降貴做這種小清新的事。

陸競宸的眼神有些複雜，忍不住問道：「你喜歡他哪裡？」

韓越停下削蘋果的動作，沉默了好一會兒才道：「大概是……想到他，我才硬得起來。」

第七章

超級男神的頂尖告白

蘇曉白出院那天，是被韓越攔腰抱著走出去的，理由是他的傷口還沒好，不能走路。

這麼說也沒錯，雖然蘇曉白不是兩條腿受傷，但是傷在大腿根部和子孫根，走起路來牽動到尚未痊癒的傷口，那種痛比身體其他地方受傷更疼上百倍。

很多人都說所有的痛楚全比不上女人生產時的痛苦，事實上，只有男人才知道，褲襠包覆的部位受創，那種疼痛絕對跟分娩有得一拚。

幸好陸競宸早有預感，事先讓姚安娜跟醫院方面協調好，把蘇曉白的出院時間改到晚上，而且走的是ＶＩＰ通道，免得又被有心人士拿去炒作，散布天王背後的女人又去做流產手術的緋聞。儘管兩胎之間相距不到一個月，但絕對會有不少人相信，因為緋聞的特別之處就在於不需要智商鑑別。

蘇曉白當然是不樂意，哪個爺們兒會喜歡被公主抱？

那是娘們兒才喜歡的事。

可是，他的抗議被男神用冷冷的一瞥鎮壓下來，他覺得男神越來越愛欺壓他了。

這時候的他，當然還不知道男神不是想欺壓他，而是真的想壓他。

因為陸競宸告訴他，如果不想讓蘇曉白知道他想壓他，最好先讓蘇曉白習慣他的碰觸。

只要是身心健全的男人，都會想壓人，不想被人壓。

除非你想被他壓。

陸競宸說完這句話，收割韓越殺人的目光一枚。

總而言之，想壓人但不想被壓的韓天王，開始不著痕跡地找各種機會碰觸蘇曉白，務求在蘇曉白知道他只對他硬得起來之前，接受即將被人壓的現實。

蘇曉白被男神反常的舉動弄得莫名其妙，他不過就是傷到了命根子，怎麼男神突然一反常態，不再高高在上，而是把他當成命根子似的看待。

用餐殷勤地幫著遞刀叉，喝咖啡怕他燙到，會先幫著吹兩口，更讓他「囧囧有神」的是，他不過是想上個廁所，男神會堅持要抱他去，只差沒說要幫忙遞衛生紙。

「我能自己走。」蘇曉白忍不住板起臉抗議。

「你的傷還沒好，走路會痛。」韓越理所當然地應道。

「已經不會痛了。」

「你確定？連一丁點都不會痛？」

「呃……可能是有一丁點。」

「那就是會痛了。」

「一點點痛沒有妨礙。」

「是嗎？我檢查看看。」

韓越說完，鹹豬手伸向了蘇曉白的褲襠。

蘇曉白大驚失色，連忙縮到沙發一角。

「你想幹什麼？」

「掐兩下看看是不是沒有妨礙。」

「……」靠！

男神真的很反常，從無視他到監視他，沒事還想摸他兩把，這簡直就是……心理變態。

於是，蘇曉白背著男神，偷偷撥了電話給另一個心理變態。

只有同類能理解同類的心態。

可惜另一個心理變態不接他電話，對方只有在不正常的時候才會接，蘇曉白一時忘了這個鐵則，於是，只好改發簡訊過去：「如果有一個人跟你一樣是男生，除

了睡覺和洗澡之外，兩隻眼睛都一直盯著你，沒事有事還找機會摸你，請問那人到底想幹什麼？」

心理變態很快回覆簡訊：「韓越嗎？」

蘇曉白差點摔手機。

媽蛋！跟心理變態果然很難對話！

接著，又收到第二條簡訊：「不是想幹你，就是想幹掉你。」

蘇曉白愣住。

盯著手機許久，一時間有些轉不過腦筋來。

他一定是哪裡得罪男神了，男神才會想幹掉他——這時候的他，把「幹你」和「幹掉你」當成同一件事。男人被男人幹，跟被幹掉差不多淒慘。

只是，他想了半天，猛然發現，兩人從初次見面開始，他就無時無刻不在得罪男神，以男神那驕傲的性子來看，能容忍他平安存活到現在，幾乎可以說是神蹟了。

蘇曉白很猶豫，雖然尚宣之說的兩個可能性，他比較傾向前者，但是又覺得男神對人再冷淡，都不是那種嗜殺的性格。當然，如果他知道汪志洋的慘狀，那就另當別論了。不過，至少現在他不相信就是了。

可若不是前者，那就是後者了。

想到這個答案，蘇曉白的眼皮跳了跳，他記得男神說過他喜歡的是女人。

蘇曉白憋不住，又發了簡訊出去：「如果有一個人跟你一樣是男生，他說自己喜歡的人是女人，卻又想要上你，請問那人是同性戀嗎？」

這次等了半小時才收到回覆：「不是。」

蘇曉白鬆了口氣，結果三分鐘後又收到簡訊，心再次提了起來：「也有可能是雙性戀。」

「……」兩句一起回覆有這麼難嗎？

蘇曉白在床上翻來覆去，被尚宣之的答案弄得心煩意亂。

結果，第二天頂著兩顆熊貓眼起床。

那眼下青得……像是在床上奮戰了一整晚。

韓越的眉頭皺得很緊，他雖然希望把蘇曉白壓在床上奮戰一整晚，但不樂見他那副體虛的模樣，更何況他還沒真的壓倒他。

早餐林嬸送來清粥小菜，蘇曉白看了韓越幾眼。午餐林嬸直接拎食材上門，在

廚房好一通擺弄，做了幾道清心敗火、滋補養生的中式家常菜，惹得蘇曉白頻頻看向韓越，自己都忘了扒碗裡的飯了。

男神明明就愛西餐，兩人同居以來，沒見過幾次中式料理，偶爾林嬸做了，他還會拉下臉。

沒想到今天連著兩餐，男神竟然一聲不吭，也沒有不高興的表情。

韓越優雅從容地用完餐，拿起餐巾紙擦了擦嘴角。抬起頭，見蘇曉白嘴裡那口涼拌腐竹還含著忘了嚼，就愣愣地看著他，彷彿在看國王企鵝似的，他忍不住咳了兩聲，說道：「我問過醫生，你在養病，吃這些比較好。」

這下子，蘇曉白已經不是在看國王企鵝，而是在看瀕臨絕種的北極熊了。

男神是想把他養肥了，然後宰了吃掉？

這不符合男神的畫風啊，男神就是要狂跩炫酷屌炸天，怎麼變成了時尚亮麗小清新了？

韓越被盯得有些不悅，板著臉說道：「等你吃完，我們來聊聊人生。」

一口涼拌腐竹瞬間噎在喉嚨裡，蘇曉白不僅牙疼，連蛋蛋都開始疼了。

跟男神聊人生，只會讓他懷疑人生。

沒想到，男神開門見山的一句話，倒是讓他愣了好半天。

「我們在台東濱海公路拍戲的時候，你為什麼要跟著我跳下去？」

這事已經過去一段時間，從台東回來之後，他們兩人都沒提過半個字，他沒想到男神還記掛著。不明白男神是什麼意思，他一時不知道怎麼回答。

其實事情發生的當時，韓越只覺得又驚又怒，想著蘇曉白竟然做出這麼危險的事來，沒有去深思他的心情，直到最近想明白了自己對他的「慾望」之後，又被King一提醒，他才去回想兩人從第一次見面到現在所相處的點點滴滴。

事實上，他們認識的時間不算長，但一起經歷的事情都不是那麼平淡。

也因為不平淡，所以讓一向任性自我的他，在短短的時間內不由自主地關注平凡的蘇曉白。

他的演藝經歷讓他見識過各種冷豔高貴的人種，蘇曉白這樣的小白菜，放在這群人當中，還就只能是棵小白菜。當然，放在台灣這樣的小地方，也同樣不起眼就是。

可是，小白菜做的事卻剛剛好的贏得了他的注意，甚至對他產生了慾望。

對韓越來說，對男人產生慾望不是什麼困難的事，真正難的是，能不能讓他產生慾望，而不是對男人或女人產生慾望。以前他沒想過把男人當上床的對象，但是，他遇到了蘇曉白。

他常在國際級的伸展台打滾，西方國家對於性的觀念比較開方，對於同性戀也比較包容，所以在模特兒的圈子裡，很多人是男女通吃的。

伸展台上有很多俊男美女，而性別特徵不明顯的也很多，以致於在模特兒的世界裡，雙性戀是很正常的事。差別在於，比較喜歡男生或女生而已。

從前他沒想過性傾向的問題，因為不在意，所以便遵從世俗的價值觀，目光放在異性身上。只是，骨子裡同時也不認為不能「吃」同性。

因此，他很容易就跨過了那道坎。

不過，他腿長跨得過去，不代表腿短的蘇曉白跨得過去。

更別說蘇曉白本來就是個異性戀。

他對著女人擼得下去，對著男人可能只想擼他的頭。

可韓越也不認為自己就完全沒有機會。

能與他同生共死——在韓越眼裡看來是這樣——除了蘇曉白，大概沒第二個人了。

他問過陸競宸，如果當時跟在旁邊的人是他，他會不會為了自己跳下去。

陸競宸用看傻子般的眼神鄙視他，「我會幫你準備一副五星級的棺木，再幫你辦一場盛大的追思會，但要我為了你跳下去，那除非是你抱著我的屍體一起跳。」頓了頓，又說道：「記得把我的屍體包好，免得摔到下面血肉模糊。」

死都要注重儀態，這就是陸競宸了。

韓越收穫無良道友第一枚，有些氣餒，接著又跑去找姚安娜。

「為了你跳下去？」姚安娜先是驚訝，後是驚嚇，毫不留情地道：「別開玩笑了，只要能把你踹下去，讓我跳下去還有可能。」

自從卸下經紀人的身分，她果然越來越囂張了。

韓越收穫無良道友第二枚。

不甘心，韓越又去問了跟他有同桌情誼，為此被狗仔潑髒水的御姊董令霜。

董令霜用一種「乖，洗洗睡吧」的口吻說道：「朋友之間，這種問題有什麼好問的？對了，我剛接了一部電視劇，男主角還沒敲定人選，你要不要來？」

韓越收穫無良道友第三枚。

因為這樣，他更覺得蘇曉白對自己的情分非常難得。

第七章
超級男神的頂尖告白

實際上，蘇曉白也不知道當時為什麼要跟著跳下去，只知道等他反應過來時，他就已經在對著上帝熱情揮手了。

對著韓越含蓄的期待眼神，他的「心有靈犀」技能忽然自動升了一級，於是瞬間把到了嘴邊的「不知道」嚥回去，轉而說道：「因為我是你的助理，不能看著你受傷……」

這種官腔越說越心虛，越說腦袋垂得越低。

韓越盯著蘇曉白頭頂的兩個髮旋，莫名覺得那兩個髮旋透著嘲弄他的氣息。

他決定換一種攻略方式。

「你覺得我怎麼樣？」

聞言，蘇曉白一臉見鬼的表情。

男神怎麼可能問這種問題？一定是他打開的方式不對。

「不好？」見蘇曉白的反應跟他相像中的不一樣，韓越立刻拉下臉來，。

「怎麼可能不好？」蘇曉白的頭搖得像波浪鼓，「全世界最棒，全世界最好，誰都比不上韓師兄，韓師兄是獨一無二的。」

韓越心滿意足了。

「換句話說，你是為了獨一無二的我，心甘情願跟著跳下去的？」

蘇曉白微愣，總覺得這種說法哪裡不對，卻又說不出哪裡不對，只好傻傻地點頭。

「再換句話說，你覺得我比其他女人更好，讓你心甘情願跟著跳下去？」

蘇曉白又愣，這個換句話說，是怎麼有辦法換成這樣的？

張了張嘴，在男神灼熱的注視下，他硬著頭皮答道：「對。」

蘇曉白只用了一個字，就莫名其妙把自己賣了，偏偏他還不自覺，只覺得男神對待他更熱情了，熱情得想摸他就摸他，想戳他就戳他，視線還經常大方地往他的褲襠飄去，讓他不由自主地捂住前頭，夾住後頭。

被當豬肉連續摸了三天之後，蘇曉白受不了這種變態行徑了，就又背著男神偷偷打了電話給另一個變態，想問變態到底都在想什麼。可是，他忘了當另一個變態接電話時，就是不正常的時候了。

電話響了幾聲對方就接了起來，只是那頭有些不知名的小雜音。

蘇曉白沒在意，劈里啪啦就道：「有一個男人問我朋友願不願意為了他心甘情願跳下懸崖，我朋友不敢說不是，結果我朋友現在除了睡覺、洗澡和撇尿，睜開眼睛就看到他。雖然他真的比其他女人好，但他是個男人，我朋友也是個男人，我朋友很困擾，請問他該怎麼辦？」

尚宣之陰沉地道：「蘇曉白，你知不知道現在幾點？」

蘇曉白愣了一下，看向牆壁上的掛鐘，答道：「三點。」

「半夜三點。」尚宣之咬牙道：「蘇曉白，你就不能在人類還活著的時間打電話嗎？」

「對不起，我不知道你在睡覺。」

電話那頭沒傳來尚宣之的回答，而是傳來了一個低低的悶哼聲。

「尚宣之，你怎麼了？」蘇曉白連忙問道：「你被打了？誰打你？」

尚宣之微微喘著氣，聲音沙啞地道：「如果你能找到比韓越更優秀的人，就不用困擾了。」

「怎麼可能有那種人？」蘇曉白愣愣地答道。

「那種人很多。」尚宣之努力克制著下半身被撞擊所帶來的一波波快感。

「尚宣之，你的聲音怎麼怪怪的？」蘇曉白狐疑，「你是不是受傷了？」他似乎聽到了略微破碎的呻吟聲。

「蘇……曉白……」尚宣之的喘息聲越來越大，話都說不完全了。

「尚宣之，你在哪裡？我去救你！」蘇曉白從床上跳了起來。

「救……救個屁！」

「尚宣之，你別死！」

尚宣之是快死了，快被蘇曉白氣死了。

「蘇……蘇曉白，我會告訴韓越，讓他操……操死你！」尚宣之勉力擠出聲音來。

「尚宣之，你現在是在……」蘇曉白狐疑。

「被你哥們兒上。」

啪！

蘇曉白的手一鬆，手機掉到地上。

果然，尚宣之接電話時，就是變態發作的時候。

蘇曉白暈乎乎地倒回床上，滿腦子都是于向陽壓在尚宣之身上的詭異畫面。

更詭異的是，他竟然不覺得噁心。

自從認識尚宣之這個變態，他的三觀就以光速朝著神也不知道的世界奔去了。

直到第二天，蘇曉白還是無法把哥們兒壓變態的畫面從腦子裡刪去，以致於視線忍不住頻頻在男神身上打轉，想像著男神壓男人的情景……

韓越不知道蘇曉白為什麼一改昨天以前的躲避態度，眼角餘光老往自己身上瞄，但他還是很高興，他猜想著蘇曉白肯定是突然發現他的魅力了，當下挺了挺結實的胸膛，晃了晃緊實的手臂，縮了縮平坦的小腹，任由蘇曉白打量。

更讓他高興的是，他的手摸上他的大腿時，蘇曉白沒有推開，雖然只是用一種古怪的目光斜睨自己，不過，這還是表示離他壓倒蘇曉白的那天不遠了。

「你在看什麼？」蘇曉白又瞄了韓越一眼，就把注意力移向桌上的一疊宣傳照，伸手拿過來一看，赫然發現是他和汪志洋之前合拍的服裝宣傳照，不由得愣了愣。

他已經許久沒有想起這號人物了，當然，也是刻意不去想。

汪志洋的陷害，要說沒傷到他的心，那是不可能的。

他真的是把對方當兄弟看，沒想到捅他最狠的卻也是兄弟，這讓他開始對人起了戒心。至少對著外人時，他不再能夠輕易全心給予信任。因工作而結緣的夥伴，跟真正的哥們兒還是不一樣的。

「為什麼要看這個？」照片裡的人笑容很刺眼，很諷刺。

「看賤人。」

蘇曉白噎了一下，他對汪志洋的感覺頗為複雜，但用「賤人」這個詞來形容，實在有些不倫不類，尤其還是從男神口中聽到這話，感覺非常彆扭。

當時，他們是很真心很投入在拍攝之中的，他還是很珍惜那一刻的真心。

蘇曉白轉移話題道：「這些照片哪裡來的？」

「King給的。」

「這些照片應該不能外洩吧？畢竟宣傳照還沒拍完，對方怎麼可能任由照片流出來？」

幸好他和汪志洋的合照拍完了，不然他真不知道該怎麼面對他。

「人不在了，怎麼拍？」韓越輕描淡寫地說道：「汪志洋的部分，全部要重拍。」

蘇曉白愣住，什麼意思？

「汪志洋已經廢了，個人宣傳照拍不成，合照當然也要重拍。」

蘇曉白張了張嘴唇，之前男神說他廢了汪志洋，他不敢深究，就怕聽到不想聽

的答案。

對於要不要報復汪志洋，他是很猶豫的。他痛恨汪志洋那麼害他，卻又怕聽到他遭遇不測。

不是擔心汪志洋，他是不想男神為了他而背上人命，自毀長城。

「他還活著吧？」蘇曉白遲疑了一會兒，還是狠下心來問題。

「嗯。」只是生不如死而已。

蘇曉白鬆了一口氣，不再追問下去，轉而好奇地問道：「那有說要換誰嗎？」

他很擔心換來一個跟自己不合拍的人，更害怕又來一個包藏禍心的人。

韓越盯著蘇曉白，反問道：「你希望換成誰？」

「這輪不到我選擇。」

「如果你能選呢？」

蘇曉白莫名其妙，總覺得男神的態度似乎有深意。

「如果你能選呢？你會選誰？」韓越略微強硬地又問了一遍。

「我……」蘇曉白張了張嘴，一時間想不到什麼適合的人選。

天王級的藝人肯定不會接這種小工作，就算是B咖藝人，也有更高級的品牌可以選，更別說廠商的預算有限。人家想反其道而行找他這種新面孔，除了是想出奇招，說穿了，也是銀彈不夠的原因。

蘇曉白沉吟了大半天，把很多藝人過濾了一遍，竟然覺得像汪志洋這樣有些小名氣剛剛好，看來人家能把他從群星之中扒拉出來，也是做了很深的功課。

「好像還是汪志洋適合……」蘇曉白皺眉說道。

說者無心，聽者有意。

聽到蘇曉白的答案，韓越瞬間像是大雪封山，臉色冷得讓人直打哆嗦。

「你很喜歡汪志洋？」

「當然不是。」蘇曉白白了韓越一眼，他怎麼可能會喜歡陷害自己的人？他又不是聖父。

「那幹麼提他？」

「因為請他不用太多錢啊！」蘇曉白理所當然地答道：「你以為像你這樣的天王會接這種小代言嗎？又不是傻子。」

「我接了。」傻子發話了。

「啊？」蘇曉白張大了嘴巴，比傻子還像傻子。

某個國產品牌服飾臨時換代言人，還是換掉連二線都稱不上的小藝人，不算是什麼新聞，但是換成只為國際一流時尚精品走秀的頂級模特兒兼天王，那就是頭條新聞了。

不管是不是有人說韓天王自貶身價，或是說韓天王吃膩了高級西餐，想換路邊攤，韓天王依然快樂地上工了。

當韓越不經意聽到陸競宸和姚安娜提起蘇曉白換搭檔的事時，就立刻強硬地展現要接這個工作的意願。想當然耳，被陸大總裁拍了回來。

他砸大錢養天王，可不是要讓天王去吃路邊攤。

這種難得的小代言，他準備留給旗下的小新人練手。

本來這種小事上不到日理萬機的陸總頭上，可誰叫汪志洋那個人渣是他幫著「處理」的。廢了一個人，當然得還廠商一個人。

偏偏廢了人渣的黑手，理直氣壯地說他留下的爛攤子他要自己收拾，賤人的空缺自然要由他補位，氣得陸競宸差點把韓越一巴掌拍回娘胎裡，平時怎麼不見你這麼負責任？

「不讓我接，我就跳槽！」韓越祭出威脅。

「去啊，我倒想看看哪個冤大頭會為你付出天價的違約金。」陸競宸氣笑了。

事實上，如果韓天王想跳，等著幫他付違約金的人多的是，陸競宸這是篤定某人只是在耍賴。當然，韓天王真的跳槽，他也不會乖乖坐以待斃就是。誰敢收他，他就敢整誰。

「King，你太任性了。」韓越指控。

「……」他娘的！被一個任性的人指著說任性，這是一種羞辱。

總而言之，代言的工作還是被韓天王賴到手了。

這個國產公司的大老闆沒想到跑了一個小藝人，卻迎來了一尊大神，連忙戰戰兢兢地親自出面接待，偏偏男神始終頂著一張跑了老婆的臉。

挺著啤酒肚的大老闆也沒計較，依然呵呵笑得像是彌勒佛似的，讓人心生好感。

廠商本想先拍男神的個人宣傳照，再配合男神的檔期協調兩人組合的宣傳照，但是男神大手一揮，叫他們滾蛋，直接讓攝影師準備拍他和蘇曉白合體宣傳照。

蘇曉白很不自在，他不希望男神在工作的時候還對他特殊對待。

第七章
超級男神的頂尖告白

韓越頂替了汪志洋的位置，倒也沒有自大到任意更改廠商當初定下來的風格，同樣維持原來的狂野系路線，只是，汪志洋是狂野中帶了些浪蕩不羈的熱情，而韓越則是狂野中透著誘惑性感的。

韓越的性感狂野和蘇曉白的清新甜萌，這樣的組合，把休閒服硬是穿出了幾分高尚優雅與青春亮麗交織的層次感來，很是引人駐足。

尤其是遇到開襟的衣服時，韓越便會視情況脫掉內衫，在鏡頭前不時露出古銅色的胸肌和腹肌，讓旁邊圍觀的女性工作人員不時低聲驚呼。

看到那些女人個個露出彷彿要把韓越吞噬的狂熱神情，蘇曉白忽然覺得很不是滋味。

很想上去把男神的衣襟拉上。

韓天王的氣場很強大，跟他一比，蘇曉白的軟萌就顯得有些不夠力了。幸好不管出於什麼目的，韓天王都沒忘了照顧小新人，不是搭著他的肩，就是摟著他的腰，各種摸摸抱抱，讓眾人很驚奇。不知高高在上的天王什麼時候轉了性子，竟然也幫小新人抬轎了。

蘇曉白被摟得很心虛，他隱約明瞭男神只是趁機揩油，像兩人獨處時那樣。

拍完一組照片後，廠商的公關代表過來與韓越溝通，說是有幾個媒體想要採訪他，最後還帶上了蘇曉白。

韓越從不在工作中受訪，當然，在工作以外更是以私人時間為由，也謝絕採訪。因此，公關人員也只是抱著碰運氣的心態來徵求男神的意思，至於帶上蘇曉白，那純粹是因為蘇曉白跟男神同公司，他們要尊重宸宇藝能。

韓越一如既往地正要拒絕，忽然聽到公關提起蘇曉白的名字，略一猶豫，便點頭應下。

公關像是被喜餅砸到，呆了好半天，回過神來後，連忙以百米的速度奔去安排採訪場地，以免男神臨時又反悔。

來的媒體比想像中的多，不只是報紙、雜誌，連四大無線和各大有線電視的記者都出動了。

這自然不可能是衝著小新人來，而是直奔從不公開受訪的男神而來。

蘇曉白和韓越一走進會議室，所有的文字記者、攝影記者齊刷刷看了過來，蘇曉白的腿有些發軟，他沒遇過這種像是要興師問罪的大陣仗，即使人家不是對著他來的。

兩人坐定後，廠商的公關臨時充當司儀，協調記者們的發問順序。

最先跳出來的是幾個資深的大記者，而且還不約而同集火韓天王。

結果一連問了幾個問題，韓天王都不動如山地慢條斯理喝著咖啡，不吭聲就是吭聲。

有機靈的記者乾脆先轉向小新人，問他幾個公式化又無關痛癢的問題，比如「第一次代言的心情」、「平時喜歡穿哪種風格的衣服」等等，而蘇曉白緊張地在回答時，大部分的人看的都不是他，而是時刻關注著韓天王的反應。

沒想到韓天王聽小新人說話聽得饒有興致，偶爾還微微點頭。

記者們看在眼裡，一時弄不清天王的意思。

就在這時，忽然有個記者問了個稍微敏感的問題：「聽說之前有換過代言人，蘇曉白覺得和汪志洋合作及與韓越合作，有什麼不同的感覺呢？」

蘇曉白沒什麼應對媒體的經驗，被問得呆了呆，男神還乾脆轉頭過來看著他。

眾人的視線全移了過來，把蘇曉白盯得冷汗淋漓。

「呃……」蘇曉白遲疑好一會兒，才說了個讓人絕倒的答案：「感覺很不一樣。」

不僅會議室裡有瞬間的安靜，就連聽聞有訪問而剛剛才趕到的陸競宸也忍不住扶額。本來是擔心平時不受訪的韓越這種時候腦子發熱亂說話，結果卻忘了還有棵也不能按常理推論的小白菜在。

他得提醒Tina之後得對小白菜加強應付媒體的口才訓練。

幾個大媒體的資深記者暗暗皺眉，心想：新人就是上不得檯面，他們可不是專程來聽新人廢話的，宸宇怎麼會有這麼愚蠢的新人？

察覺了眾人的不屑，甚至還聽到下面傳來嗤之以鼻的聲音，蘇曉白掛著的笑容慢慢落了下來，臉皮微微漲紅。

韓越卻忽然當眾傾身到蘇曉白耳邊，用只有兩人才聽得到音量說道：「面對惡意的嘲諷時，如果你還能微笑，那麼，總有一天，你就能夠讓那些人閉嘴，站上這世界的頂端。」

蘇曉白愣住，這是兩人第一次見面時，男神告訴他的話。

「那你怎麼都不笑？」蘇曉白不是滋味地壓低聲音回道：「你不笑，他們也沒人欺負你。」

「笑屁啊！」

「你不是說，這樣才能讓那些人閉嘴嗎？」

「嗤！我的魅力就足以讓他們閉嘴！」

「……」說好的用微笑征服全世界呢？

「要不要我幫腔？」

「我要靠自己，不需要你幫忙。」

蘇曉白再抬起頭時，已經恢復亮眼的笑容。

雖然不能征服全世界，但得先讓這些吃人不吐骨頭的記者們沒小辮子可抓。

不過，在場的人可沒注意到他的轉變，他們只看到韓天王當眾親暱地跟小新人耳語。

有個眼尖的記者已經發現韓天王對於小新人的關注，又想起之前鬧得沸沸揚揚的小新人不自量力對天王宣戰的傳聞，當下問了個犀利的問題：「聽說你在節目上宣告要打敗韓越，那麼經過這次的合作，你認為自己有那個實力嗎？」

又是個很難招架的問題！

蘇曉白正色答道：「現在沒有，但我會累積自己的實力，未來的事誰也不敢保證。」頓了頓，又道：「不過，韓師兄是我追逐的目標，這點永遠都不會改變。」

陸競宸又開始扶額了，這句話聽在旁人耳裡沒什麼，但聽在對小白菜「心懷不軌」的某人耳中，那就是赤裸裸的煽風點火啊！

天然萌果真是個會走動的大殺器，希望某人不會精蟲上腦，開始爆走……

韓越果然難得地當眾笑了，不是為了征服全世界，而是聽到「說者無心，聽者有意」的一句甜絲絲的話。

只是，他的笑容被喜歡過度腦補的記者們解讀為嘲弄小新人的自尊自傲和不屑一顧。

有記者開始八卦地歪樓。

「聽說尚宣之已經對你退避了，你是不是也不把同門師兄放在眼裡？」

「聽說宸宇是為了你才放棄尚宣之的？」

「聽說你離前東家吉星，是因為得不到重視，才憤而跳槽？」

「聽說你跟譚湘湘和尚宣之是三角戀，最後是尚宣之抱得美人心？」

聽說……

哪來那麼多的聽說啊？

蘇曉白求助地看向男神。

男神無辜地攤手：你不是要靠自己嗎？

蘇曉白：……媽蛋！

陸競宸推了推眼鏡，小白菜的情況似乎不太妙啊！不過，只要他不胡亂回答，都引不起什麼風浪。讓小白菜感受一下被圍攻的氣氛也好，難得有機會。

蘇曉白笑咪咪地看著眾人此起彼落的「聽說」，心裡把他們罵了千百遍，但面上不說就是不說，任憑大家怎麼激將就是不開口，實則也是不知道怎麼說，乾脆秉持著多說多錯，不說就不會錯的原則，直接閉上嘴巴。

眾人輾壓了一輪，見小新人只是傻笑，自己再追問下去也是白搭，就漸漸偃旗息鼓。

這時，有記者再度將矛頭指向韓天王，應該是看到韓天王破天荒露出笑臉，又對小新人很「親切」，這才大著膽子再去自討沒趣，反正天王能吐一個字都算是賺到。

「請問韓越，身為前輩，又是同門師兄，你對蘇曉白的挑釁有什麼看法？」

聞言，蘇曉白滿頭黑線，你是哪隻耳朵聽到我對男神挑釁了？

全世界的人類都趴光了，我也沒膽去挑他一根汗毛啊！

「挑釁？」韓越挑眉，「就憑他？」

現場的大小記者們瞬間全都豎起了耳朵，靈敏地嗅到了幾分八卦的味道。

韓天王這是要對小新人發重砲了？

然而，精蟲上腦的男神根本不是要砲小新人，而是想泡他。

只見韓越往椅背靠去，一手搭到蘇曉白身後，慵懶地又道：「他剛才不是說了，我是他永遠追逐的目標，這算哪門子挑釁？調情和挑釁，你們分不出來嗎？」

韓天王猶如丟下了一顆砲彈，轟炸過後，現場瞬間陷入一陣詭異的安靜，彷彿剛才聽到的話不是從天王口中發出來的，令人難以置信。

這……真的是像他們想的那樣嗎？

韓天王其實是個gay？

眾人張大嘴巴，呆呆地又看向蘇曉白，不料，蘇曉白的嘴巴張得比他們還大，眼睛瞪得比他們還圓，那表情活像是被狗咬到被雷劈到似的。

靠靠靠！你要發神經，好歹先預告一下啊！

陸競宸的臉已經黑得像鍋底了，他就知道Evan不可能安分，平常最討厭媒體記者的人，突然說要接受採訪，怎麼可能沒貓膩？但是一點招呼也不打就直接出櫃，他娘的，養頭豬都比你聽話，還能抓來殺。

宸宇藝能對旗下藝人有禁愛令，男藝人和女藝人除工作之外，不得私下接觸，他不確定法務部門有沒有把同性藝人納入範疇裡，但他決定今天回去就在合約裡把這條加進去。

什麼人獸戀、外星人戀等等，跨越種族的戀愛也全都要嚴格禁止。

誰知道以後還會不會出現神經病。

不過，以後的神經病先擱著，等一下他得火速回公司召集公關部的危機處理小組，商討因為Evan這個神經病重症患者的神經病發言所可能帶來的風暴。

他娘的，養孩子都沒這麼累！

一場莫名其妙開始的訪談，就這樣在莫名其妙的情況下草草結束。

記者們才剛匆匆鳥獸散，各自回去消化這個驚天的大新聞，準備發頭條，蘇曉白就收到了尚宣之那個心理陰暗的變態傳來的簡訊：「蘇曉白，好好鍛鍊體力吧，小心別被操死了。」

後面還跟著一連串笑臉符號。

更讓蘇曉白心塞的是，于向陽直接打電話來，以前輩的口吻道：「曉白，如果你有不懂的，可以問我。」結巴了一下，又道：「剛開始的時候會有點痛，後來就舒服了。」

蘇曉白這輩子從來沒想過要坑別人，只想當個奉公守法的好公民，可是自從認識了這些人，就不知道被活埋多少次了。

第八章

痛並快樂著的第一次

在演藝圈這行，幾乎所有的人都是靠臉吃飯的，偏偏就有這麼一個小新人，人家不是靠臉，而是靠運氣，與天王聯袂出櫃，便占據了各大影劇版的頭條，結果，大家的臉都不是臉了。

偏偏這個小新人現在只想高唱「白天不懂夜的黑」。

接受前東家培訓的那幾年，蘇曉白參加了大大小小的試鏡會，在一次又一次的失望中，最初對演藝圈抱持著的各種天馬行空的妄想，很快被消磨得七七八八，變得與現實無縫接軌。

也讓他在星光熠熠的群星之中，立定了一個目標，那就是：「如果不想在一片星光燦爛裡黯淡無光，就要在一片星光燦爛裡當那閃亮的五百燭光。」

然而，當五百燭光的小小夢想，被某個精蟲上腦的神經病給吹熄了。

人生果真是寂寞如雪啊……

被陸大總裁勒令不准出門的蘇曉白，悲憤地刷起了FB，可是當他看到粉絲專頁的按讚人數再次攀向高峰時，越發悲憤了。

經歷過前幾次事件的洗禮，他已經學到教訓，別人家的粉專讚數增加時是增加人氣，而他的粉專讚數增加時，就表示他又被人坑了。

最終章
痛並快樂著的第一次

這次因為某天王，他更是被坑慘了。

看到越女們的刀光劍影，以及腐女們的搖旗吶喊，他的悲憤瞬間逆流成河，在心底流成了一道連青春也喚不回的淡淡哀傷。

難道他真的要斷子絕孫了？

蘇曉白幾近絕望地拿起手機撥給變態。

電話一接通，也不等對方開口，就失魂落魄地道：「要怎麼確定自己是不是同性戀呢？還有幾成的機會可以掰正？」

「蘇曉白，在人類活著的時間打電話有這麼難嗎？」尚宣之咬牙。

蘇曉白愣了一下，幽幽地看向掛鐘，時針指著大大的「2」。

「我已經提早一個小時打了……」蘇曉白很委屈。

尚宣之更委屈，每天好不容易半夜才有空閒，結果做到一半的「好事」老是被打斷，是個男人都得不舉。

蘇曉白等了半天等不到對方的回應，正想說什麼，卻聽到手機裡傳來低喘的聲音，讓他猛地會意，忍不住結結巴巴地道：「你你……你們怎麼又……又……」

「蘇曉白，明天你給我在家等著！」

尚宣之勉強從齒縫中擠出幾個字來，就掐斷通話。

第二天，蘇曉白沒等來尚宣之，而等來了尚宣之讓快遞送來的一本書。

書名叫做《旱路攻略七十二招》。

蘇曉白一頭霧水，旱路是陸路嗎？

等他翻開書一看，驚得手抖了好幾下，差點把書丟了出去。

韓越正巧從臥室走出來，順手撿了起來。蘇曉白嚇得跳下沙發，想去把書搶回來。誰知韓越已經看到書名了，嘴裡長長地「哦」了一聲，意味深長地看向蘇曉白。

男神很欣慰，原來小白菜這麼上道，看來他準備的十種口味的小雨傘可以派上用場了，不知道小白菜比較喜歡巧克力的，還是草莓的，如果是哈蜜瓜的更好……

韓越一邊想著，一邊往蘇曉白的屁股看去。

感受到危機的蘇曉白，屁股猛地一縮，吶吶地道：「師兄，你有沒有空？我們能不能來聊聊人生。」順便交流一下孫子的重要性。

「當然可以，要聊多深就聊多深，我現在非常清閒。」韓越意有所指地道。

自從被男神當眾告白之後，他的「心有靈犀」技能忽然自動滿級了，對於男神

拐彎抹角的葷話，縱使不想，也能清清楚楚地領略了。

「師兄，你真的想清楚了嗎？」蘇曉白板起臉道。

「當然，該準備的我都準備好了，每個牌子都選了兩種口味。」

「……」靠！

「你喜歡哈蜜瓜的嗎？」韓越興致勃勃，「我們也可以每種都試試看。」

「我喜歡西瓜……呸，不對，我是說，師兄，你知道喜歡男人是怎麼回事嗎？你不是說你對男人沒興趣，怎麼可能忽然就能接受了？」

你一定是弄錯了！

「我本來就對男人沒興趣，我是對你有興趣。」

「我也是男人啊！」

「哦……」韓越又長長地「哦」了一聲，「我來確認看看。」說著，就伸出手要去掐某人的小兄弟，幸虧某人躲得快，否則就慘遭毒手了。

「師兄！」蘇曉白拚命運氣，「師兄，喜歡一個人是很神聖的事，不是可以開玩笑的。我早就已經決定，如果我喜歡上一個人，而對方也喜歡我，那我就要跟對方走一輩子。」

「這我早就知道了。」韓越理所當然的口吻，「你都已經說了要永遠追逐我，我怎麼可能不明白你的意思？」

您老理解錯了，我真不是那個意思！

「師兄，你聽我說，每個為人父母的，都不會希望看到自己的孩子走歪，雖然我不歧視同性戀，但是我相信師兄的爹媽一定還是很希望早日看到師兄找個好女人，生下可愛的孩子。」蘇曉白絮絮叨叨地說個不停：「我相信師兄對我的感覺只是一時的錯覺，你以前也沒有對其他男人有興趣過，所以這肯定是師兄的失誤。我看，我們就當沒有這回事，我會請陸總發個澄清公關稿給各個媒體，告訴他們你只是開玩笑的，這樣好嗎？」

「誰說我對你只是錯覺？」韓越皺眉，「要不然，我們上床試看看。」

「……」媽蛋！我努力跟你掏心掏肺，你卻只想著掏老二！

韓越哪裡管小白菜在想什麼，一把抓住他的手臂，按著他的後腦杓，就親了上去。

蘇曉白被男神的雷厲風行嚇了一大跳，這麼一停頓，就被男神吻住了。

四片溫熱的唇疊合，比起蘇曉白的生澀，有經驗的男神熟練多了。

兩人親了好一會兒才分開，韓越淡定地問道：「感覺怎麼樣？」

蘇曉白覺得彆扭極了，剛才突然被男神按住，本想推開，可是也不知怎麼的，腦子一發熱，想著不如試試看，就順從地親了起來，結果感覺……沒什麼感覺。

「不知道，以前沒試過。」

「那再試一次。」

不待蘇曉白拒絕，韓越又親住他的嘴唇，這次連舌頭都伸了進去。

濕濕熱熱的，連身體好像都隱隱約約有些熱。

只是分不清是被男神的體溫熨熱的，還是被親熱的。

等到韓越放開蘇曉白時，兩人都微微喘著氣。

「這次有什麼感覺？」

「……差點窒息。」

「這樣都沒感覺？」韓越皺眉。

「要有什麼感覺？」

「比如想上床之類的感覺。」

「……」

結果這一天，韓越摟著蘇曉白親了很多次，試圖調動他的熱情。

看到男神這麼積極，自己其實也被親得很舒服，蘇曉白忽然就釋懷了，反正不會生孩子，就試試吧。萬一不成，大不了散了，兩人還是可以各找各的婆。

總而言之，到了一壘，二壘和三壘就不遠了。

可是，蘇曉白沒想到才剛上一壘，男神就想直奔本壘。

晚上就寢前，韓越拎著一袋東西和一盒衛生紙，興沖沖地來敲蘇曉白的房門。

蘇曉白一看到男神那張色氣滿點的臉，就想把門甩在他臉上。

「你想幹什麼？」蘇曉白面無表情。

「大半夜的，能幹什麼？當然是幹你。」韓越笑咪咪地道。

蘇曉白沒讓他進自己的房間，然後就被男神拉去他的房間了。

看著床上琳瑯滿目的小雨傘，還有三條不同味道的潤滑油，以及旁邊擺了一盒剛拆封的衛生紙，蘇曉白只覺得蛋蛋隱隱作疼，彷彿當初那差點把子孫擼沒了的痛楚又回來了。

「我們就試一下，試一下就好。」韓越哄道。

「……」那麼大的陣仗，看起來像是只試一下就好的樣子嗎？

蘇曉白看了看男神，抿了抿嘴，問道：「要不要先洗澡？」

「晚上已經洗過了，幹麼多事？」韓越把蘇曉白拖上床，三兩下就剝了他的衣服，只剩下一條四角褲。

「關燈！先關燈！」蘇曉白叫道。

雖然都是男人，但蘇曉白還是很不自在。

「關什麼燈？關了就看不到了。」韓越咕噥了下，還是下床去關大燈，但又另外開了盞小燈。

昏黃的燈光照在蘇曉白白皙的身體上，散發出珍珠般的光澤來。

「有……有什麼好看的！」蘇曉白想拉棉被包住自己，韓越卻已經壓了上來，「不看不看，我就摸摸，就摸摸。」說著，大手撫過蘇曉白的胸前，觸及兩顆小小的突起，惹得他一陣輕顫。

「你也……你也脫。」蘇曉白的聲音有些沙啞。

韓越跪坐起來，迅速把自己脫得只剩下三角褲，就又趴上來。

蘇曉白聞到男神身上薄荷沐浴乳的香味，猜想男神大概是剛剛才洗過澡，心想：準備得真是齊全啊！

由於沒經驗，蘇曉白只是順著本能在男神的胸肌、腹肌上胡亂摸了一通。男神的慾火很快就被摸了出來，兩大腿間的灼熱高昂，蹭了蘇曉白的腹部好幾下，把蘇曉白也蹭得慢慢熱了起來。

韓越一把掐住蘇曉白小兄弟的小頭，問道：「感覺怎麼樣？」

蘇曉白直接把韓越拉下來，吻住他的唇。

韓越一邊吻，一邊輕輕擼蘇曉白的小兄弟。

一波波快感拍打著蘇曉白的理智，把他拍得暈乎乎的。

韓越的動作越來越快，幾乎快把蘇曉白送上了天。

「唔……」蘇曉白突然眼前一暗，一股白濁的精液就射在了韓越手上。

見蘇曉白的身體軟了下來，韓越把他的一條腿抬起，用中指沾了一坨潤滑液，就在蘇曉白的穴口周圍塗抹起來。趁著蘇曉白還失神時，緩緩推了進去。

陡然有異物侵入，蘇曉白反射性地繃緊身體，韓越立刻吻了過去，把他又親得漸漸軟下來。

前戲進行了大半天，蘇曉白已經沁出了汗，忍不住問道：「你到底好了沒？」

蘇曉白才問完，猛地覺得穴口一痛，男神已經套著小雨傘挺了進來。只是，只

送了一丁點而已，蘇曉白已經痛得直發抖，手指把男神的肩膀都摳出了幾道幾乎要見血的紅痕。

韓越也是挺進得很艱難，好幾次停下來把蘇曉白親軟了，最後才終於順利了些。深呼吸了好幾次，蘇曉白知道這種時候不能退縮，否則就白疼了，況且，他的火都被捅出來了，不洩不行，於是，牙一咬，梗著脖子說道：「你來吧。」

見蘇曉白一副壯烈就義的模樣，韓越差點笑出聲，低頭把蘇曉白親了又親，才開始慢慢動作，同時一隻手再次掐住了蘇曉白的小兄弟，慢慢擼了起來。

直到此時，蘇曉白才真正領悟到痛並快樂著的真諦。

「混……混蛋……都……都是你害……害的……」蘇曉白語無倫次地罵道：「我……我才不是同……同性戀……你個……白痴混……」

話還沒罵完，韓越猛然加速，突然襲來的快感搞得蘇曉白一陣顫慄，最後抽搐了幾下，癱軟在床上拚命喘著氣。

韓越抽了幾張衛生紙幫著兩人擦乾淨，就在蘇曉白旁邊躺了下來，一手摟著他。

蘇曉白累得一根手指都抬不起來。

「沒事吧？」韓越親了親蘇曉白的臉。

雖然他剛開始也覺得痛，可是後來到底還是嘗到了甜頭。

蘇曉白連動都不想動，一動就痛得撕心裂肺。

人類到底為什麼要互相傷害？

「只要你以後不碰我，就都不會有事。」

呵呵！

「剛開始會有點疼，等習慣以後就好了。」韓越頓了頓，又厚臉皮地問道：「剛才感覺好嗎？」

「……還好。」

「我覺得挺好的。」韓越笑道。

蘇曉白斜睨他，「你不覺得跟女人做比較省事嗎？」

韓越當然不會傻到在這種時候澆冷水，立刻表決心：「我還是覺得你好，你的手摸得我很爽。你一摸，我就硬起來了。」

「你那麼熟練，不是第一次吧？」

「當然是第一次。」韓越正色道：「你是第一次，以後也會是最後一次。」

蘇曉白傲嬌地哼了哼。

逞一時之快的下場就是，第二天蘇曉白是躺在男神那張KING SIZE的大床度過的。

而韓越就坐在床邊研究《旱路攻略七十二招》的戰術。

蘇曉白咬咬牙，就算是談戀愛了，也不妨礙他打敗男神的初衷。

☆ ☆ ☆

韓天王的告白事件，在宸宇藝能公關部的危機處理小組勞心勞力的「運作」之下，開始打起了模糊戰。宸宇既不出面否認，也不主動承認，有本事自己去找男神求證。

媒體不得其門而入，就開始有迷妹們跳出來打臉，說是有人惡意抹黑韓天王，韓天王都能和女神搭上關係了，怎麼可能會去遷就一個小新人？

有女神可以選，誰會去選默默無名的新人？更別說還是平胸的男人。

記者的腦洞開那麼大，果然是拿來灌水的。

外面吵得風風雨雨，當事人倒是關起門來過起了滋潤的小日子。

所幸陸大總裁也不想放這兩個禍害出來，所以大家暫時相安無事。

這幾天，蘇曉白收到了來自兩個「好朋友」的關心。

一個是一如往常的明嘲暗諷，一個是數年如一日的沒心沒肺。

自從有了共通的「小祕密」之後，于向陽比以前對蘇曉白更親近了，在蘇曉白和男神「第一次」結束後的第二天，就偷偷打電話過來安慰他。

蘇曉白不知道于向陽怎麼會知道他被男神壓了，但想到于向陽身邊有個像神棍一樣的心理陰暗的變態，就默默把疑惑吞了回去。

「曉白，別擔心，只有第一次會痛，以後就都會很爽了。」說到這裡，于向陽壓低音量，小小聲地道：「你們可以試試你上他下的姿勢，那會插得比較深，會讓他更爽。」

「……」你還是不是我戰友了？我們能不能聊些正常人會聊的話題？

然後，簡訊黨傳來簡訊：「我還有一本《旱路攻略七十二招【進階版】》，明天快遞過去。」

「……」你們兩個都給我滾蛋！

男神捧著那本旱路攻略看得十分認真，比看劇本還認真，而且看得眼睛都青了。

若不是他再三聲明「在他恢復之前不得碰他，否則就換他壓他」，男神早就拖他上床去練習七十二招了。只是，頂著男神那「慾求不滿」的目光，他的心理壓力也很大。

不知道解禁那一天，他會不會被捅死……

想到這裡，蘇曉白的小心臟抖了好幾下。

視線老在蘇曉白身上和身下打轉的韓越，看出了蘇曉白的動搖，結果，當天晚上就爬上了他的床。誰叫他好幾天都堅持各睡各的，連他想摸摸都不行。

見過女人爬床，沒遇過男人爬床，而且爬得還特別迅速。

在蘇曉白還沒反應過來時，喘息聲已經被一浪高過一浪的快感撞得支離破碎。

問世間情為何物，誰說只能一公一母？

當兩個男人對上的時候，特別的凶殘，特別的……通體舒暢。

（全文完）

後記　小驚喜或是小驚嚇

直到打了「後記」兩個字，才終於覺得鬆了一口氣。

在開始沒營養的碎碎念之前，要先誠心地感謝買了這本書的諸位小夥伴們。

謝謝你們，謝謝你們在廣大的書海中拿起了拙作，讓它有機會能博君一笑，讓我這個還在新手村打怪的小作者有機會嚇人一跳（笑）。

無論是讓各位驚嚇，還是讓各位驚喜，我都由衷地感謝能有這個許多創作者夢寐以求的機會。

《頂尖告白》是晴空出版社和POPO原創網合辦的偶像主題徵文比賽的延伸作品之一。最初編編跟我提起這個構想時，就覺得很有趣，然後沒有多想地便接了角色文字設定的工作。

後來看到Leila大神畫出的角色立繪時，很是驚豔。

大神出手，果然不同凡響。

每個偶像以乎都立體了起來，也很高興看到不少人在討論他們。

後記

小驚喜或是小驚嚇

雖然後來有人到我的粉專私訊給我，說了些酸言酸語的話，但是現在回想起來，都變成了美好的回憶，包括那些酸言酸語也是。

當初剛看到那些酸話時，真的很心塞，情緒低落了好多天。期間一直告訴自己：「我不是金子鈔票，本來就不可能人人喜歡。」

這種自我安慰的話，真是百搭（笑）。

但也很有效。

總而言之，接下來投入精神去寫《頂尖告白》之後，就慢慢釋懷了。

我想，這是每個在網路連載的作者都會遇到課題。

說到《頂尖告白》，初時興致勃勃提了一份自己很滿意很喜歡的大綱給編編，卻沒想到開稿之後，立刻就遇到了難題。

小受不照劇本來，小攻甚至自己寫起劇本來，結果，等到最後寫下「全文完」三個字時，已經變成一個跟最早提出的大綱完全不同的故事了。

寫頂尖的時候，最容易卡稿的地方是對話。

一句話卡個兩三天是正常的。

越是輕鬆爆笑的對話，越是卡得厲害。

每個人的笑點都不同，怎麼寫才能讓人發笑真的很困難，從我開始寫輕鬆的小白文起，笑點一直是努力想要征服的命題。而且，看起來應該會是直到退隱江湖（咦）都會纏鬥不停的命題。

不知道大家最喜歡故事裡的哪個角色？

於我，故事走到了完結，我才能確定自己最喜歡誰。

就是那個心理陰暗的變態（笑）。

在寫稿的過程中，我一直克制著不要讓他冒出來，免得他搶了可憐的小白菜的戲分。事實上，我甚至覺得尚小變態還搶了男神的風采。

因為他的風格太強烈，以致於我只好刪了不少他的篇幅。

當然，身為親媽，我也喜歡小白菜和韓天王這兩個讓人頭疼的兒子。

尤其是在為了他們的感情進展傷腦筋時，頭特別的疼。

上一次寫BL已經是很久以前的事了，後來寫了BG網遊，現在要再抓回寫BL的手感，著實花了很久很久的時間。

再者，相較於以前寫BL時的青澀和生嫩，這次有稍微轉換些寫法，自己覺得是進步了（笑）。

後記

小驚喜或是小驚嚇

剛開始在粉專上宣傳時，都說《頂尖告白》是清水文，沒有床戲，結果清水到第七章，最後一章完全破功，小白菜就這麼被男神給輾壓了。

不過，因為兩人都是直男，所以「初體驗」就不是那麼浪漫（偷笑）。

十個偶像一字排開，剛開始我想寫的其實是另外兩個角色，歐陽睿和言唯曦。可是發想的大網並不適合他們，因此，就轉移了目標。

還有就是，在開稿前，突然想反悔寫BG，不過，編編已經找到封面繪師了，只好按下蠢蠢欲動的心，認命地與小白菜和韓天王鬥智鬥法。

謝謝編編找了子蟲大神畫封面，很喜歡子蟲大神畫的正裝，尤其是軍服，帥呆了，所以提給編編的構想，就私心想讓男神穿西裝。

穿西裝帥一半嘛，這是在下小小的任性（笑）。

雖然子蟲大神的構圖和原先跟編編討論的不一樣，但我還是很喜歡。

真心感謝子蟲大神的美圖！

感謝的話說完了，接下來要來懺悔。

因為我不是專職作家，平時有自己的本業，本業工作又忙，所以只能利用零碎的時間寫稿。在寫頂尖時，剛好是工作最忙碌的時候，以致於雖然很早開稿，卻拖

頂尖告白

到了死線的前一刻才交稿。

後面幾乎是寫一章交一章，累得編編常在旁邊跳腳。

在這裡真心謝謝晴空的包容與厚愛，也謝謝諸位小夥伴們的等待。

只要這個故事能小小地娛樂到你們，我就很開心了。

最後，如果大家對在下有什麼批評與建議，都可以移駕到在下的FB粉絲專頁，

也很希望大家能不吝抽空到粉專分享您的心得。

那麼，咱們下一個故事再見囉！

雲端的FB粉絲專頁：https://www.facebook.com/cloudtale

雲端　2015/07/31

晴空與POPO合辦「偶像經紀人主題徵文比賽」延伸作品！
特邀暢銷BL作家樊落共襄盛舉，從候選名單中挑出兩位主角，
寫出精采的戲中戲，不容錯過！

晴空

更多精彩書介與活動請上
「晴空萬里」部落格：http://sky.ryefield.com.tw

綺思館
晴空新書預報
戀愛吧！一切的不可理喻都好可愛

下一站向陽。

霸氣經紀人VS.暖男小鮮肉！
且看女王如何養成可口的小羊……呃，
未來的明日之星！

唯綠 著　魅赵 繪

我以為，上天讓我重生是為了復仇，
沒想到，我居然成了那隻瀕臨絕種、保育類小羊的守、護、者！

暖情系小天后唯綠今夏最療癒浪漫的愛情力作！
「于向陽，你要在心裡對曾經迷過的偶像大聲宣布：我總有一天要戰勝妳！」
但他是不是把這句金玉良言聽錯了，怎麼成了「我總有一天要占有妳」了呢！

「決戰星勢力」偶像經紀人徵文比賽得獎作品！
歷時一個月，從一百多部作品、十萬點擊數中脫穎而出，
最新網路人氣偶像即將誕生！

晴空
更多精彩書介與活動請上
「晴空萬里」部落格：http://sky.ryefield.com.tw

晴空新書預報
戀愛吧！一切的不可理喻都好可愛

我與演藝圈王子的最惡戀曲

重花──繪
利牧星──著

《明星志願》、《末日少女》遊戲主編劇「利牧星」進攻輕小說！

開朗少女VS霸道獨尊黑王子！

要擄獲妳成為我的人，最好的方法不是先奪取妳的胃，
而是來點曖昧的緋聞和「疑似」接吻畫面，就可以生米煮成熟飯！

隨書好禮大方送

第一送，隨書贈送閃亮系華麗精美明信片、書籤各乙張！
第二送，人氣繪師「重花」精心繪製「星光閃耀演唱會」拉頁海報！

晴空

更多精彩書介與活動請上
「晴空萬里」部落格：http://sky.ryefield.com.tw

輕藏館
晴空新書預報
期待吧！這裡處處充滿驚喜
美國獨立戰爭
彩稿.人設 / LN
內頁漫畫 / YKU
中國長平之戰
瑞讀
獸不了系列
貓狗大戰之世界戰爭史
英國玫瑰戰爭
非光
中英鴉片戰爭
櫻井實
史上最萌的戰爭開打啦！
從東方打到西方，貓狗世界大戰，一觸即發！
四位人氣漫畫家告訴你，各國貓狗的戰爭是這樣開打的……
晴空
更多精彩書介與活動請上
「晴空萬里」部落格：http://sky.ryefield.com.tw

狂想館
晴空新書預報
冒險吧！向偉大的航路出發

我的弟弟哪有這麼可愛！
紫禁城裡再度上演兄友弟攻的奪位大戲啦！

爭奪王位要先爭皇阿瑪的寵愛？還要懂得cosplay？且看五位新生代漫畫家各出奇招！

晴空

更多精彩書介與活動請上
「晴空萬里」部落格：http;//sky.ryefield.com.tw

隨書好禮三重送

1.第一重：隨書附贈精美角色書籤兩張
2.第二重：隨書附贈晴空精美功課表乙張（八款隨機出貨，送完為止）
3.第三重：繪師精心繪製唯美男女主角時裝版彩色立繪

晴空

更多精彩書介與活動請上
「晴空萬里」部落格：http://sky.ryefield.com.tw

綺思館021

頂尖告白

國家圖書館出版品預行編目資料

頂尖告白/ 雲端著. -- 臺北市：晴空出版：家庭傳媒城邦分公司發行,
2015.08
冊； 公分. --（綺思館021）
ISBN 978-986-91746-7-1（平裝）

857.7 104010213

著作權所有・翻印必究
本書如有缺頁、破損、裝訂錯誤，請寄回更換
Printed in Taiwan.

城邦讀書花園
www.cite.com.tw

作　　者　雲　端
繪　　者　子　蟲
責任編輯　施雅棠
國際版權　吳玲緯
行　　銷　陳麗雯　蘇莞婷
業　　務　李再星　陳玫潾　陳美燕　枂幸君
副總編輯　林秀梅
副總經理　陳瀅如
編輯總監　劉麗真
總 經 理　陳逸瑛
發 行 人　凃玉雲
出　　版　晴空
城邦文化事業股份有限公司
104台北市中山區民生東路二段141號5樓
電話：（886）2-2500-7696　傳真：（886）2-2500-1966
發　　行　英屬蓋曼群島商家庭傳媒股份有限公司城邦分公司
104台北市中山區民生東路二段141號2樓
書虫客服服務專線：(886)2-2500-7718；2500-7719
24小時傳真服務：(886)2-2500-1990；2500-1991
服務時間：週一至週五09:30-12:00；13:30-17:00
郵撥帳號：19863813　戶名：書虫股份有限公司
讀者服務信箱E-mail：service@readingclub.com.tw
晴空部落格　http://sky.ryefield.com.tw
香港發行所　城邦（香港）出版集團有限公司
香港灣仔駱克道193號東超商業中心1樓
電話：852-2508-6231　傳真：852-2578-9337
E-mail：hkcite@biznetvigator.com
馬新發行所　城邦（馬新）出版集團【Cite(M)Sdn. Bhd.(45832U)】
411, Jalan 30D/146, Desa Tasik,Sungai Besi, 57000 Kuala Lumpur, Malaysia.
電話：(603) 9057-8822 傳真：(603) 9057-6622
Email：cite@cite.com.my
美術設計　洸譜創意設計股份有限公司
印　　刷　沐春行銷創意有限公司
初版一刷　2015年 08月13日
定　　價　250元
I S B N　978-986-91746-7-1